COLLECTION FOLIO

Pascal Bruckner

Allez jouer ailleurs

Édition revue et corrigée

Le Sagittaire

© *Le Sagittaire, 1977.*
© *Éditions Grasset, 1989, pour la présente édition.*

Né en 1948, Pascal Bruckner a publié des essais et des romans parmi lesquels : *Lunes de fiel, Le sanglot de l'homme blanc, Qui de nous deux inventa l'autre ?*.

pour Eric
pour Pascale et Laurent en souvenir
de Djakarta

REFRAIN

Le 26 août, au milieu de l'après-midi, la rame de métro 720 quittait la gare de Passy et s'engageait sur le pont aérien en direction de Bir-Hakeim Grenelle. La journée était exceptionnellement chaude, malgré un vent du nord persistant qui atténuait l'ardeur du soleil. Les voyageurs, peu nombreux à cette heure, ne manquaient pas d'admirer le tremblement vague qui montait des ponts de Seine, et le ruban presque mauve du fleuve sur lequel évoluaient péniches, voiliers et hors-bords.

Sous l'effet de ce spectacle et peut-être aussi du confort relatif du train à pneus, presque tous avaient quitté ce masque crispé, affligé et lugubre que les gens se plaquent sur le visage dès qu'ils pénètrent dans le chemin de fer à traction électrique, partiellement ou totalement souterrain, qui dessert les différents quartiers d'une grande ville et qu'on appelle le métropolitain; certains paraissaient même jubiler, goûtant par les fenêtres entrouvertes le petit vent frais qui entrait en rafales, comme si la traversée du viaduc leur donnait le sentiment de flotter dans un cargo de l'air; surtout que l'absence apparente de rambardes, invisibles depuis les voitures, accréditait cette impression de survol ondoyant, loin, très loin du sol, devenu minuscule.

On avait déjà parcouru la moitié du trajet quand un feu rouge immobilisa la rame à la hauteur de l'Ile-aux-Cygnes, ce terre-plein bordé d'arbres, planté au milieu de la Seine, qui coupe en deux parties égales le viaduc de Passy. Très vite, la chaleur se mit à augmenter de façon vertigineuse. L'attente se prolongea plus que de coutume.

Des têtes passaient par les fenêtres, essayaient de voir ; les signaux étaient toujours au rouge, les portes bloquées par le système de fermeture automatique empêchaient toute fuite. La sérénité cédait la place à une exaspération croissante ; les wagons devenaient des étuves, le cuir des banquettes était brûlant, et des relents de caoutchouc surchauffé mêlés aux odeurs de transpiration contribuaient à rendre plus désagréable encore cette halte inattendue.

Soudain, le métro en entier fut pris d'un tremblement convulsif. Des nuées noires voilèrent à ses occupants la lumière du jour ; toute la rame s'affaissa doucement sur la voie, faisant prendre aux wagons une légère inclinaison. La motrice se ramassa, s'arrondit en deux demi-cercles concentriques ; les pneus, les boggies et les roues avaient disparu ; les voitures se fondirent les unes dans les autres, un épais tissu de matière élastique se mit à recouvrir l'ensemble du convoi. Sous l'effet de la chaleur, la rame de métro subissait une profonde transformation morphologique et physiologique. Des passants, stationnés sur le quai de Javel et sur le pont en contrebas, racontèrent plus tard que le train ressemblait en cet instant à la larve informe d'une énorme chenille ; l'insecte ferroviaire était parcouru d'ondulations, et ses flancs se couvrirent bientôt de poils et de brosses au milieu desquelles apparurent de brillantes taches de couleur, et plusieurs ocelles évoquant la tête d'un petit chien. La chose fut si rapide, invraisemblable, qu'on en oublia les usagers enfermés à l'intérieur de ce gigantesque embryon. Car ce qui était, un quart d'heure avant, une rame de métro, ne cessait de se modifier de minute en minute : la chrysalide — il fallait bien l'appeler ainsi désormais — s'entourait d'un cocon qui se divisa en six ou sept anneaux visibles. La bête fut agitée de secousses, de gonflements, comme si un être emprisonné en elle tentait de s'évader, de craquer les coutures de cette momie. Soudainement, sans que nul n'ait pu le prévoir, le dos de la « chenille » s'entrouvrit dans une déchirure sinistre, sa peau se fendit d'un bout à l'autre, sous la poussée d'un insecte colossal qui en émergea lentement, les pattes et les trompes encore étroitement appliquées contre la poitrine. Il ne fallut pas longtemps à la foule massée dans les rues et les avenues alentour pour reconnaître dans cet animal naissant l'ébauche d'un papillon. La rame 720, cuite par les rayons du soleil, s'était transformée en un phalène de trente mètres de long, de couleur bleu roi, moucheté de noir! Lentement, la grosse bête s'extirpa de son enveloppe, déplia ses ailes fripées, patienta quelques instants sous la canicule, reprit ses forces et s'élança dans les airs, sous les regards pétrifiés des témoins. Dans la mue abandonnée sur la voie, on retrouva les passagers commotionnés par le choc, étendus parmi les dépouilles de la larve, certains évanouis sous le coup de l'émotion et de la chaleur, mais tous bien vivants.

Après avoir pris son envol, le papillon se posa d'abord tout en haut de la tour Eiffel, dont il fit osciller dangereusement le sommet. Puis il survola la tour Montparnasse, brisa en passant une des flèches de Notre-Dame, effleura les bulbes du Sacré-

Cœur, descendit sur Beaubourg qu'il tenta de butiner par un des tuyaux d'aération, trompé sans doute par les couleurs du bâtiment. Puis, toujours virevoltant, il se dirigea lentement vers la banlieue Sud où les services de détection de la préfecture et de l'armée le perdirent de vue.

On retrouva le lendemain son immense cadavre, déjà à demi réduit en poussière, dans une clairière de la forêt de Fontainebleau, jouxtant l'autoroute A 6. Il avait vécu vingt-quatre heures, comme tous les éphémères. L'analyse révéla qu'il s'agissait d'un phalène très commun en Europe, que sa chenille vivait sur l'épine noire, l'amandier, le pêcher et le prunellier, et que, hormis sa taille monstrueuse et l'énorme volume de son abdomen, rien ne le distinguait des autres papillons vivant en France.

Cette extraordinaire mutation en plein Paris, en plein jour, en plein été, eut un retentissement considérable dans le monde entier. Une enquête fut ouverte sur l'ordre du gouvernement, qui établit cette vérité stupéfiante : c'était bien le soleil, la chaleur, ses rayons, et aucun autre facteur, qui avaient suscité la métamorphose du train en papillon ! On fit remarquer en effet que le métro, en se modernisant, en adoptant des formes et un fuselage inspirés des principes de l'aérodynamique, s'éloignait de l'animalité pataude des premiers wagons et ressemblait de plus en plus à un insecte ou au thorax d'une libellule. Cette évolution de la construction ferroviaire était d'ailleurs générale dans tous les pays, il ne s'agissait nullement d'incriminer la compagnie des transports parisiens. Ces conclusions furent mal accueillies par l'opinion publique : d'ailleurs, l'affaire était trop incroyable pour recevoir une explication plausible. On écuma toutes les archives, tous les ouvrages de science-fiction : aucun n'abordait ou même n'imaginait une telle éventualité.

Bref, on aurait été moins stupéfait par une attaque de Martiens ou de monstres caparaçonnés que par cette histoire qui offensait le sens commun. Pour faire bonne mesure, le mécanicien qui avait commandé le feu rouge et le conducteur de la rame furent mis en prison.

Dans les jours qui suivirent l'événement, des milliers de mouettes, de goélands, de pigeons, de moineaux, de vers de terre, d'araignées, d'insectes, d'escargots furent massacrés par les populations traumatisées. Quant au métro — qui connaissait déjà une certaine désaffection, après la vague de violence dont il avait été le théâtre — il subit quelques semaines durant une baisse de fréquentation, au moins sur les lignes à trajet aérien. Seuls les administrateurs de la Régie, prudents et convaincus du caractère définitivement souterrain du métro, ordonnèrent aux conducteurs de ne s'arrêter sous aucun prétexte en plein air, et de reblottir leurs machines au plus vite dans leurs terriers, surtout les jours de fort ensoleillement. On indemnisa généreusement les voyageurs qui avaient été contusionnés, puis, la rentrée des classes et le regain du chômage occupant de nouveau la scène publique, la fièvre retomba et l'incident fut clos.

L'INCONNU
DU PANTIN-EXPRESS

Comme chaque matin depuis la rentrée, il était là, assis sur le banc, à la hauteur des premières, à les attendre. C'était un homme sans âge, mi-clochard, mi-vagabond, comme on en voit tant sous Paris, un de ces fantômes calamiteux et grincheux toujours couchés sur les banquettes, un dévot du mauvais vin et de l'errance, un habitué des bouches d'aération et des soupes populaires. Quelque chose pourtant le distinguait des autres mendiants : sa figure décharnée, ses yeux qui flamboyaient, la souplesse avec laquelle il se déplaçait, sa musculature, une certaine grâce enfin, une élégance dans le haillon que la déchéance n'avait pas effacée. Chaque matin, dès que les petits déboulaient sur le quai, à la station Naphtalingrad, il se levait, prenait le métro avec eux, s'arrangeait pour s'asseoir à proximité, ne cessait de les fixer et les laissait descendre à Camp-Aux-Fourmis. Eux ne s'en formalisaient pas : ils étaient neuf écoliers, de sept à douze ans. Encre-Bleue, l'aînée, les conduisait ; venaient ensuite, garçons et filles mêlés : Tubulure, Frime Cocodie, Faunette, Rouflaquet, Icigo, Potronminet et Tohu ; le cadet s'appelait Tilt Souriate et ne fréquentait la bande que depuis une quinzaine. Quotidiennement donc, selon leurs habitudes, ils empruntaient la ligne 5 (onze stations, un pont aérien, des wagons verts et rouges encore en bois, la voie la plus vétuste de Paris) pour aller de chez eux à leur école, et vice versa ; et s'ils avaient remarqué le manège de l'étranger, ils attendaient sans hâte qu'il se manifeste.

Ce matin-là, l'inconnu les scruta tous un à un avec une lueur de gaieté dans le regard, comme s'il était certain d'avoir capté leur attention ; puis, doucement, profitant de ce qu'aucun voyageur ne stationnait sur la plate-forme arrière et s'efforçant d'éviter le champ de mire des caméras du fond du wagon, il commença à ôter un à un les gros boutons ébréchés de son manteau ; il les défaisait lentement, au rythme irrégulier du train qui tanguait d'un rail à l'autre et semblait près de se coucher sur la voie à chaque courbe ; derrière, sur les banquettes, un couple se querellait à propos d'une commune passion déclinante. Des bribes de cette dispute leur parvenaient : « Pourquoi es-tu si froide depuis quelque temps ? Je ne sais pas. » Le clochard tirait sur sa ceinture — mais était-ce un clochard ? Et les enfants le reluquaient sans mot dire, les yeux brillants. « Nous ne faisons plus rien ensemble. — Sans doute. » La ceinture pendait en deux morceaux, la boule flottant au-dessus des hanches. « Pourtant, nous avons beaucoup de points communs. » Les doigts de l'homme se tordaient maintenant sur l'ourlet du pantalon. « Oui, des points noirs. » Se nouaient autour du bouton, le faisaient osciller, l'engageaient dans la rainure, le libéraient, des pans de chemise sale, des fragments de caleçon autrefois blanc se dépliaient en volutes froissées. C'était au tour d'une dame qui grondait son rejeton de faire entendre sa voix : « Veux-tu rentrer ta langue et rabattre tes oreilles, c'est fini de faire le singe? » L'homme s'était soulevé légèrement, tirait sur les jambes de son pantalon pour le faire glisser. « Les cheveux à plat sur la tête! Tu n'es pas un hérisson pour les dresser tout droit comme ça, ton œil gauche, veux-tu le remettre dans son orbite, qu'est-ce que c'est ces manières de le laisser pendre sur les joues, laisse tes moignons tranquilles! » Et c'est à ce moment que la matrone qui s'apprêtait à descendre aperçut l'homme à demi dévêtu et le cercle des écoliers qui le lorgnaient. Aussitôt, négligeant toute autre occupation, et tandis que d'une main elle bouchait la vue à son fils, de l'autre elle avertit un voyageur, qui avertit à son tour ses voisins, qui en alertèrent d'autres selon le principe bien connu : les voisins de nos voisins sont nos voisins. Au fond du wagon se préparait un crime contre l'innocence, une corruption active de mineurs, et ce malgré tous les appareils de surveillance installés par la Compagnie. Debout, les honnêtes gens! Aux armes, salariés! Heureusement, un inspecteur des tickets usagés venait de monter et se frottait déjà les mains à la pensée de toutes les amendes qu'il allait coller aux usagers. On se rue sur lui, en deux mots l'affaire lui est contée. Par ces faits alarmés, il court sus. Trop tard, l'irréparable va être commis, le clochard a écarté les deux bords de sa braguette, ses gros doigts sales plongent dans un fouillis de tissus tachés comme s'il allait en sortir un objet long, tortueux, obscène. Au moment où l'inspecteur coiffé de sa casquette lui met la main sur l'épaule et s'écrie : « Arrête, misérable ! », c'est une colombe qui passe la tête par la braguette, s'ébroue, secoue ses plumes, s'extirpe, frissonne au sortir de cette chaleur ventrale, s'envole enfin et va se poser avec des battements d'ailes affolés sur l'épaule de son maître ; les enfants applaudissent de joie, le galonné retire sa main. Chacun tourne la tête, gêné, et se replonge dans ses occupations. Le scandale retombe avec cet oiseau qu'on n'attendait pas, mais le camarade employé, contrôleur de la validité des titres de transport sur l'ensemble du réseau métropolitain, ne renonce pas si facilement.

« Il vous embête ? qu'il demande aux enfants, de l'air de quelqu'un qui connaît d'avance la réponse.

— Oh ! non, m'sieur l'inspecteur, dit Encre-Bleue.

— I pue même pas, rajoute Tubulure, convaincant.

— I pue pas, i pue pas, bougonne l'inspecteur, ça veut dire qu'i sent bon.

— I sent pas, dit Icigo, i sent pas du tout.

— En tout cas, le vieux, reboutonne-toi ou je te fais embarquer pour mendicité et tentative de racolage. »

L'interpellé ne répond pas, se contentant de sourire.

Le métromane réitère :

« Vous avez un permis pour l'oiseau ? Certificat de vaccination ? Autorisation de vol en espace clos ? Et la cage ? Vous l'avez mise où, la cage ?

— Y a pas de cage, dit le vagabond.
— Y a pas de cage, pourquoi ?
— Parce qu'il n'y a pas d'oiseau », rétorque l'homme, et à peine a-t-il prononcé ces mots qu'en un tournemain il fait disparaître la colombe dans ses manches.

Le contrôleur leva les bras vers le plafond. Sa bouche ouverte démesurément, ses yeux fulgurants, sa tête remuant de haut en bas, de gauche à droite, toute sa posture dénotait un étonnement sans bornes. Puis il pirouetta sur lui-même et s'enfuit de l'autre côté du wagon en marmonnant. Les enfants ouvraient des prunelles rondes comme des soucoupes. Alors l'étrange escamoteur se pencha vers eux, et leur murmura comme en confidence :

« Ce qui les attriste, tous ces voyageurs, c'est la quasi-certitude d'une paix éternelle pendant leurs trajets. Il faudrait rouler au moins cent ans de suite dans ce chemin de fer avant qu'une défaillance technique provoque un accident. Ce n'est pas comme à New York ou à Chicago ! Ici, la perspective de ne rien risquer, de ne jamais payer le tribut des voyages par une possible catastrophe comme en automobile, engendre une grisaille mortelle ! C'est pourquoi aujourd'hui, les Parisiens aiment si peu leur métro : il n'y a plus de lien fort entre eux et lui, ni de découverte ni de danger. Et ce n'est pas la multiplication des brutalités dans les trains qui va atténuer ce sentiment. L'ennui ou l'agression, voilà la seule alternative. C'est pourquoi, inconsciemment, tous ces passagers n'ont qu'un souhait : que la surveillance soit renforcée. Ils se réjouissent de la descente de la police dans le métro. L'idéal, pour eux, ce serait un policier par voyageur.

— Ma parole, ça c'est pensé! s'exclama Encre-Bleue, qui avait reconnu dans le discours sus-cité un néo-structuralisme mâtiné d'une touche de mauvais esprit.

— Je croyais, dit Tubulure, qu'il n'y avait que les filandreux sophiens oisifs qui aimaient théoriser. »

Hélas! la rame entrait dans la station Camp-Aux-Fourmis, il leur fallait descendre. Seule Frime Cocodie tendit sa joue au vieux monsieur qui lui appliqua un petit baiser discret. Puis ils sautèrent sur le quai en riant.

Il prit l'habitude de les voir chaque matin (mais jamais le soir) et de leur faire des tours pendant la durée du trajet; il s'appelait Kikessessoi, un surnom évidemment car il avait oublié son identité civile. Les enfants ne lui posaient aucune question, et il ne dévoilait rien sur sa vie; maintenant, il embrassait Encre-Bleue, Faunette, Frime Cocodie sur les deux joues et leur donnait parfois des piécettes d'argent.

Un jour, les quais étaient bondés : il y avait grève des autobi et des taxisses, les Parisiens avaient pris d'assaut leur train miniature. Assis sur les bancs, en compagnie de leur acolyte, les enfants, qui étaient légèrement en avance, attendaient une rame un peu moins pleine.

R'gardez ça, dit Tubulure, cette lente procession de robots, ce déferlement de faces hargneuses et disciplinées, ce cortège d'esclaves industriels qui courent dans un sens, montent dans un autre, la tête baissée, sans se voir, et qu'on appelle les usagers.

— Comme tu causes, fit Icigo.

— C'était qu'une définition, coupa Tubulure. Plus tard, j'écrirai un dictionnaire.

— Dites donc, hasarda Encre-Bleue, vous ne trouvez pas qu'entre l'école, le métro et la vie familiale, il y a une persistante continuité que rien ne dément ?

— Sûr », dit Frime Cocodie, encore qu'elle trouvât ce raisonnement un peu trop kantien à son goût.

Mais elle ne releva pas, car elle regardait l'affiche que les établissements Prénubil avaient apposée en triple exemplaire dans la station : il s'agissait d'un minuscule dentier doublé d'un compteur Geiger, détecteur de pets furtifs, « sujets d'inépuisables et grossières plaisanteries chez les bambins » : chaque fois que le compteur Geiger, encastré dans l'une des deux mâchoires du dentier, détecte la présence de soufre (consécutive à l'émission de la flatulence), il s'ouvre et mord brutalement la fesse de l'enfant. On peut régler l'intensité de la morsure ; le tout s'attache à la ceinture, pour un prix modique et six mois de garantie.

Les rames passaient l'une après l'autre en grondant à travers la gare, comme autant de dragons furieux dévalant les corridors. Les petits ne se décidaient toujours pas à en prendre une. Ils regardaient les usagers descendre, d'autres, plus usagés encore, remonter. Près d'eux, un employé sénégalais balayait un tas de microbes et de bacilles expulsés par les voyageurs du dernier train.

« Ça veut dire quoi, R.A.T.P. ? demanda Tilt.

— Ça veut dire : Ravissement, Amour, Transport, Passion, expliqua Kikessessoi. Dans le métro, tous les gens rêvent de disparaître, d'être enlevés. Quelle déception quand la rame arrive à la station suivante ! Tout l'espoir est entre les deux : il n'est pas jusqu'au mot R.A.T.P. qui, interverti, ne donne RAPT.

— Tu sais, dit Tilt encore, sur chaque ligne, il n'y a qu'un seul métro : c'est toujours le même qui revient. Et quand il voit tous les gens qui attendent, il fait le tour de la ligne à toute vitesse.

— C'est pour ça qu'il est toujours plein, coupa Potronminet.

— Ça y est, fit Tohu.

— Ça y est quoi ?

— Devant les supermarchés, les grands magasins et les cinémas, ils ont installé des parcmètres pour les moins de douze ans. Les mamans qui vont faire leurs courses y attachent leurs petits, c'est un franc l'heure, un gardien les surveille.

— Et à partir d'aujourd'hui, dit Rouflaquet, pour jouer dans la rue, il faut un casque. Si tu es pris tête nue, c'est une contravention à tes parents.

— T'en as un beau collier, Rouflaquet ! dit Icigo. Tu l'échanges avec moi ?

— J' peux pas, j'ai pas la clef, c'est ma maman qui l'a, elle s'en sert pour me conduire en laisse.

— C'est un Prénubil ? demanda Encre-Bleue.

— Bien sûr, fit Rouflaquet, c'est la meilleure marque.

— Tiens, c'est moi qui porte la muselière en classe aujourd'hui, dit Faunette. Hier, j'ai mordu la maîtresse.

— Et moi, dit Tubulure, je vais dans la cage jusqu'à midi. J'ai horreur de ça.

— C'est quoi la cage ? demanda Kikessessoi.

— Elle est pendue à une branche d'arbre, dans la cour. Elle est juste de notre taille, mais on ne peut ni s'y asseoir ni se mettre debout. Pendant la récré, tous les autres se moquent de celui qui est enfermé, lui lancent des pierres, des billes, l'injurient. C'est la deuxième fois que j'y vais en quinze jours. »

L'évocation de ces châtiments scolaires, pourtant courants, évidemment promus par le Secrétariat à la Calotte, avec l'aide de la firme d'Etat Prénubil, assombrit l'humeur de la troupe.

Dans la remorque de seconde classe où ils montèrent finalement, ils étaient si serrés qu'ils pouvaient à peine tourner la tête. Les gens se soufflaient leur mauvaise haleine au visage ; des couples debout, à moitié endormis, copulaient mollement dans la moiteur des corps ; un exhibitionniste exhibitionnait l'organe que le Bon Dieu a donné à tous les mammifères mâles pour reproduire l'espèce et vider les déchets liquides qui s'accumulent dans une poche nommée vessie ; quelques peloteurs pelotaient quelques fesses ; des pickpockets piquaient les pockets des véhiculés à coups de pics, sans parler des authentiques dégueulasses qui s'amusaient à cracher, à se gratter le nez toout en essayant de faire passer ça sur le compte des autres.

« Ecoutez, dit Kikessessoi, debout au centre du groupe, je n'ai pas la place dans cette foule de faire des tours de magie. En remplacement et afin de vous donner du courage pour cette journée qui s'annonce difficile, je vais vous raconter une histoire. Rapprochez-vous de moi, car je parlerai à voix basse. »

Ceci se passe à l'époque où les ogres, affamés par le dépeuplement des campagnes, avaient émigré en masse dans les grandes villes. Mais ils s'étaient mal adaptés : les uns étaient morts de faiblesse, d'autres s'étaient fait renverser, écraser (ils avaient les pieds trop larges pour tenir sur les trottoirs), d'autres encore avaient été pourchassés par la police des mœurs et reconvertis de force dans la boucherie ou la charcuterie. Seule une toute petite minorité avait pu, au prix d'efforts inouïs, survivre dans ses anciennes coutumes. Parmi eux, Célestin Badoit, rare survivant de l'exode, avait maintenu les traditions de la corporation. Et à quoi devait-il la vie sauve, Célestin Badoit ? A sa robuste santé, bien sûr, mais aussi à la prudence de sa maman ogresse, Célestine Badoite, qui veillait sur lui avec un soin jaloux. Ensemble, ils avaient émigré de la Savoie à Paris, et ils vivaient dans un deux-pièces où personne n'était jamais entré.

Au début, Célestin Badoit avait beaucoup souffert : il ne s'accoutumait pas à la circulation, tressaillait au moindre bruit, devenait soupçonneux, perdait son flair, s'énervait pour un rien. « Que tu es ogressif ! » lui disait sa maman en hochant la tête avec tristesse. Car Célestin avait dû bouleverser toutes ses habitudes : il ne portait plus ses bottes de sept lieues, trop voyantes ; à la place, il mettait de grands chaussons jaunes rembourrés. Il avait quitté également sa grosse chemise bouffante à jabot et jeté son pantalon de toile ; il s'était rasé la barbe (qu'il avait bleue, comme tous les ogres), avait raccourci ses cheveux. Désormais, il était vêtu d'un bloudjinn, d'une chemise Oxford, d'un blazer en tweed et d'un chapeau haut de forme dans lequel il logeait sa tête volumineuse du mieux qu'il le pouvait, selon la force du vent ou le poids de ses idées. Car Célestin Badoit ne devait pas éveiller les soupçons : il devait ressembler à n'importe qui, et n'importe qui devait ressembler à Célestin Badoit, pourvu que lui-même ne ressemble pas à un ogre.

Ainsi, sa mère lui avait appris à ne plus manger avec les doigts ; il devait maintenant utiliser une fourchette et un couteau. Au début, Célestin avalait la fourchette et le couteau avec la viande, sa maman allait rechercher les instruments dans l'estomac de son fils, et l'exercice recommençait. Célestin s'était si bien habitué à ces usages qu'il portait toujours sur lui une fourchette et un couteau, et parfois, dans le métro — car même les ogres prennent le métro —, il les suçotait en rêvant. Et les gens, apitoyés par ce grand gaillard affamé, lui donnaient des bonbons ou des sucreries.

Car Célestin avait été mis au régime dans les premiers mois de son installation à Paris : il n'avait pas le droit de chasser, et il dut se priver de chair fraîche pendant de longues semaines. Son ordinaire se composa alors de sandwiches au pain (une tranche de pain entre deux tranches de pain), de pâté de foie de hanneton, de joues de fourmis frites à l'ail, de sourires de chats, de haussements d'épaules de chiens, de hoquets de moutons ; mais ce n'étaient pour lui que des hors-d'œuvre, et pendant longtemps Célestin eut faim, très faim, et souffrit de grandes tortures. En fait, comme tous les ogres, Célestin n'aimait pas beaucoup la viande animale : il n'avait de prédilection que pour la chair des adolescents, surtout les adolescents couverts de taches de son et coiffés de cheveux roux.

Donc, quand il eut appris à marcher dignement en ville, un pied devant l'autre, la tête droite, les bras accompagnant les jambes dans un balancement régulier ; quand il sut, après de pénibles efforts, garder la bouche fermée, les canines rentrées ; quand il put se retenir de saliver en public à la vue d'un marmouset potelé ; quand il arriva à ne plus caresser tous les enfants qui passaient près de lui, tâter leurs mollets ou leur arracher la peau, sa maman Célestine, le jugeant parfaitement civil et urbain, l'autorisa à retourner à la chasse une fois par semaine.

Il s'en allait donc, chaque mercredi (jour des écoliers), en fin d'après-midi, un gros sac de toile caché dans son chapeau, s'installait dans le premier jardin public venu, près du bassin. Là, feignant de lire un journal, il surveillait de près la petite foule des impubères, se mordait les lèvres jusqu'au sang pour ne pas en attraper un au passage et l'avaler sur place, attendait patiemment qu'un à un ils rentrent chez eux.

Jusqu'à ce que, vers les sept heures, il n'y ait plus dans le square qu'un seul et unique bambin, comme il y en a chaque jour dans les squares à l'heure de la fermeture.

Dès qu'il voyait cet enfant, Célestin, profitant d'une inattention du gardien, courait sur lui, l'assommait d'un coup de poing sur la tête, l'engouffrait sous son pardessus, de là le passait dans son sac, de là le cachait dans son chapeau, remettait le chapeau sur sa tête, gagnait lentement la sortie, traversait rues et chaussées et trottoirs, grimpait les escaliers, arrivait tout essoufflé chez sa maman. Otait son chapeau, en sortait l'enfant déjà à demi bleu, le déshabillait, l'installait sur la belle table de chêne de la cuisine, l'égorgeait finement à la base du cou, recueillait son dernier soupir dans un bocal, récoltait son sang dans un pot (Célestin et sa maman raffolaient du boudin), l'écorchait, l'étripait, le nettoyait, sectionnait à la hache bras et jambes, allumait le four, l'inondait d'aromates et de beurre salé, empalait le tronc sur le tournebroche, disposait sur un plat les membres et les abats, réglait le thermostat, fermait la porte du four et surveillait ses feux. Pendant ce temps, Maman Célestine mettait le couvert et coupait de larges tranches de pain pour saucer le jus. Elle ouvrait plusieurs bouteilles de rosé et préparait les liqueurs pour le pousse-café.

Alors, quand tout était cuit, achevé, rissolé, Mme Badoit et son fils se précipitaient à table, partageaient le festin en deux parts égales et mangeaient des heures et des heures durant, buvant à longs traits, rotant, s'empiffrant jusqu'à ce qu'ils s'endorment, apoplectiques, à même leurs assiettes, le visage luisant de graisse, les cheveux baignés d'huile.

Par prudence, Maman Célestine interdisait à son fils de chasser plus d'une fois par semaine : elle craignait son inexpérience et la terrible vigilance des forces de l'ordre. Elle savait que les lois interdisaient formellement d'enlever les enfants d'autrui pour les dévorer (on n'avait déjà même pas le droit de manger ses propres enfants). Le délit était passible au moins d'une forte contravention, et Maman Célestine, qui avait un petit budget, ne pouvait s'offrir le luxe de le gaspiller en payant des amendes.

En outre, la méthode d'enlèvement adoptée par Célestin ne lui permettait pas de choisir l'enfant qu'il ravissait. Il devait prendre la proie qui était là, qu'elle soit maigre, souffreteuse ou rayonnante de santé. Célestin ne régnait plus en ogre brutal qui rançonnait des villageois apeurés, pillait les plus beaux de leurs fils et de leurs filles ; désormais, il n'était qu'un voleur comme les autres, soumis aux mêmes contraintes, obligé de se cacher des hommes, de la police et des familles.

Un soir d'été, le fils et la mère n'avaient eu depuis des mois que des viandes de piètre qualité — enfants d'immigrés, handicapés divers, petits vagabonds, bref, le rebut des sociétés d'abondance —, quand Célestin, au retour d'une promenade, aperçut dans un petit square deux jumeaux qui s'amusaient seuls près d'un tas de sable. Deux garçons. Entre six et huit ans.

Immédiatement, l'ogre salive, des frissons lui parcourent l'échine, ses lèvres s'humectent, sa langue claque dans sa bouche, son estomac crie famine. Jamais Célestin n'a vu deux garçons aussi sains, aussi alléchants; ils ont le visage bien plein et de longs cheveux blonds. Aucun doute : l'occasion est inespérée, il les veut sans délai, il doit les capturer. Il s'approche d'eux, prend sa voix la plus mielleuse et se présente : Célestin, magicien prestidigitateur. Et eux, quel est leur nom? Mic et Mac. Et leurs parents? Ils sont à la maison, en train de préparer le dîner. Ils habitent juste au-dessus. Ils en ont de la chance! Eh bien, en attendant que leurs parents les appellent, il va leur faire le tour qui l'a rendu célèbre dans le monde entier, le tour avec son chapeau : il ôte icelui, demande à Mic d'y entrer, prétend qu'il va le faire disparaître. Mac rit, cherche son frère, ne le trouve nulle part, se penche dans le chapeau, y tombe à son tour. Aussitôt, l'ogre magicien se recoiffe, quitte le square à grande vitesse et court jusque chez lui, appelle sa mère, ôte son chapeau, le secoue, en fait sortir les jumeaux qui roulent à terre comme une paire de dés.

A la vue de ces beaux enfants bien nourris, Maman Célestine hurle de plaisir, danse sur la table; puis elle décide que l'on va consommer l'un des deux frères tout de suite, et qu'on gardera l'autre pour le surlendemain. Que Célestin choisisse : am, stram, gram, pic et pic et colégram, boure et boure et ratatam, am, stram, gram. Mic ira au four, Mac au garde-manger. Mais le petit Mac, s'il a faim ce soir, pourra manger un morceau de son frère, la partie qu'il voudra, excepté le croupion, quartier préféré de Maman Célestine. Sitôt dit, sitôt fait.

Malgré ses cris, ses supplications, petit Mic est tué, dépecé, découpé, embroché, assaisonné, grillé, le tout sous les yeux de Mac qui s'évanouit de terreur. Dans la salle à manger, Célestine a mis la table pour trois, elle attend d'être servie et boit apéritif sur apéritif en chantant du plus fort qu'elle peut. Ce qui fait qu'elle n'entend rien de ce qui se passe à la cuisine.

Heureusement pour petit Mac, car ce dernier, en revenant à lui, a trouvé Célestin penché sur la cuisinière, la tête et la moitié du corps engagés dans le four. En effet, Mic, en cuisant, a rendu plus de jus que prévu, un peu de graisse a coulé sur les brûleurs et fait vaciller la flamme du gaz que Célestin à présent essaie de nettoyer. Alors, Mac court sur l'ogre et, de toutes ses forces, le pousse droit dans le four brûlant. Célestin n'a pas le temps de dire « Miam » que la porte de la cuisinière se ferme à double tour sur lui : la chaleur le saisit, il meurt étouffé, et son grand corps dilaté par les centaines d'enfants qu'il a dévorés se met aussitôt à cuire et répand dans toute la maison une odeur délicieuse. Et voilà Maman Célestine qui appelle :

« Célestin, que fais-tu, où es-tu ? J'ai grand-faim. »

Alors Mac, contrefaisant sa voix, répond :

« Je découpe la viande, ma bonne maman, je prépare votre morceau.

— Eh bien, dépêche-toi, qu'attends-tu pour l'apporter ? »

Alors Mac, contrefaisant sa voix de nouveau répond :

« Je l'arrose de jus, ma bonne maman, je vous l'apporte à l'instant même.

— Quelle drôle de voix tu as ce soir, mon fils bien-aimé !

— C'est l'émotion qui m'étrangle, l'émotion devant ce corps si grassouillet.

— Comme je te comprends ! dit maman Célestine avec un rugissement féroce, moi-même je n'y tiens plus. »

Elle se ressert un verre de vin.

Alors Mac a une idée : il voit sur une table roulante un grand plat rond tapissé d'herbes odorantes et de persil ; il ouvre le four, en sort les deux corps cuits à point, les coupe en gros morceaux, les jette dans le plat, les recouvre à ras bord de jus chaud et pousse la table jusqu'à la salle à manger.

« Où est mon fils ? demande Célestine, surprise de voir Mac lui porter son dîner.

— Il se lave les mains, madame, dit Mac, rouge et tremblant de frayeur.

— Viens près de moi, ordonne Célestine, nous allons commencer sans lui. »

Mac prend place à côté de l'ogresse ; elle lui pose un gros morceau de viande et, sans faire plus attention à lui, se rue sur le ragoût et le dévore à pleines dents. Machinalement, Mac commence à manger sans penser qu'il est peut-être en train de mastiquer la chair de son propre frère ! Déjà l'ogresse commence à chanceler sur sa chaise, à tenir des propos incohérents. Mac juge que c'est le moment de fuir. Il se lève à demi quand Célestine, dans un hoquet formidable, demande : « Où est mon fils ? Pourquoi ne vient-il pas manger avec nous ? »

Alors Mac, sans réfléchir, montre du doigt le plat à demi vide et s'écrie :

« Votre fils, madame, il était là. »

En une seconde, Célestine Badoit comprend tout : elle vient d'avaler gloutonnement le fruit de ses entrailles ! Folle de rage, elle s'élance sur Mac, elle va le tuer sur place, le déchiqueter vivant, mais l'ivresse l'alourdit, elle trébuche, sa tête bute sur un angle de la table et s'ouvre comme une coquille de noix. Aussitôt, Mac s'enfuit à toutes jambes. Et jusqu'au rez-de-chaussée, il entend les hurlements et les imprécations de la veille maman ogresse qui agonise.

Mac est un petit garçon très courageux.

Les journaux l'appellent un héros. Il est passé à la télévision. Il a beaucoup pleuré à l'enterrement de son frère, mais au fond il est content de recueillir, seul, toute la gloire de cet exploit. Bien sûr, il n'a pas dit toute la vérité à la police : il a prétendu que c'était Célestine qui avait mangé la totalité du plat, et tout le monde l'a cru spontanément.

Curieusement, Mac n'aime plus la cuisine familiale. Les légumes le révulsent, les soupes le hérissent, les fruits le rebutent : il n'apprécie que les viandes saignantes ; il s'est même pris d'une étrange passion pour les biftecks crus. Autre changement : maintenant, Mac apprécie les enfants de son âge, même les plus petits, et surtout les nourrissons ; Mac se console donc de la disparition de Mic en fréquentant d'autres enfants, c'est ainsi du moins que les grandes personnes expliquent sa nouvelle conduite.

En cachette, Mac rit beaucoup de cette explication. Car s'il condescend à côtoyer aujourd'hui des plus jeunes que lui, c'est tout simplement qu'il a grand appétit de leur chair et veut les manger tout crus. Parce qu'un soir il a goûté un peu de viande humaine, Mac est devenu à son tour ogre, ou plutôt ogrillon. Bientôt il volera son premier bébé, et préparera tout pour camoufler son crime (car, en plus de son horrible goût pour la chair enfantine, il a hérité de Célestin ses tendances à la ruse, à la dissimulation). Déjà l'autre jour, dans un accès irrépressible de gloutonnerie, il a arraché le doigt d'un de ses camarades et l'a sucé jusqu'à l'os comme un sucre d'orge : le garçon n'a rien osé dire, Mac l'a menacé de le grignoter tout entier s'il bavardait. De toute façon, il le mangera. Il ne peut laisser en vie un témoin aussi encombrant. Et puis l'index de ce garçon, dodu et ferme à souhait, laisse prévoir une chair succulente.

Moralité :
Petits garçons, petites filles, attention ! Il y a parmi vous un camarade de votre âge qui est un ogre et qui ne pense qu'à vous avaler tout rond. Surveillez-vous les uns les autres. Défiez-vous des gourmands. Et s'il y en a un parmi vous qui bave excessivement, montre toujours ses dents ou fait claquer sa langue devant une tranche de viande rouge, signalez-le tout de suite à votre maman ou à votre maîtresse : elles le feront examiner par un médecin.

Juste comme Kikessessoi, l'énigmatique clochard aux joues creuses, donnait le dernier mot de son histoire, le train ouvrait ses portes sur les quais de la station Camp-Aux-Fourmis. Et les petits, s'égaillant comme une volée de moineaux, eurent à peine le temps de lui dire au revoir.

Le lendemain, pour la première fois depuis leur rencontre, Kikessessoi n'était pas au rendez-vous. Déçus, les bambins attendirent quelques minutes, puis ne voyant rien venir, attrapèrent la première rame au vol. Ils étaient si désappointés qu'ils n'eurent plus qu'un seul rêve : céder leur place à des personnes âgées, des invalides à 100 p. 100, des femmes enceintes, des pensionnés, des décorés, des impuissants, des frigides, des malades du foie, de la rate, des amputés. Tilt allait dans le wagon, demandant à chacun : « Madame, vous n'êtes pas enceinte ? Monsieur, vous n'êtes pas handicapé ? » Hélas ! rien que des gens sains, des femmes au ventre vide, des hommes complets ! Dépités par ce nouvel échec, les neuf écoliers se mirent à examiner le voisinage : c'était le public habituel du Politain, braves gens à tête de cons, loubards en cuir, cadres en veston, retraités, travailleurs, étudiants, fondateurs de familles, dissolveurs de familles, flics en civil, tous assis, tous debout. Et les mômes, en silence, pensaient : « On aura peut-être la même allure dans dix ans. » Et ça ne leur donnait pas envie de grandir.

Mais voici qu'une rumeur dans le wagon trouble cette méditation puérile, une rumeur insolite qui va en s'amplifiant, couvre peu à peu les conversations et capte sur elle les intérêts jusque-là éparpillés.

Sur la plate-forme arrière, assis sur un strapontin, près de la porte de communication, un nanonime de l'espèce mâle est pris d'un fou rire. C'est un grand rire impérial qui monte, gagne la totalité de la voiture, occupe, chaque centimètre de l'espace, étouffe dans ce volume réduit, cherche à s'échapper par les fenêtres entrouvertes, le jour des portes automatiques, les failles du plancher. C'est une poussée de gaieté folle qui attaque maintenant les revêtements du wagon, fait gonfler les parois chromées, mord le cuir des sièges, plisse le verre des vitres, racle jusqu'aux voûtes du tunnel. Les voyageurs ont tous quitté leurs places et se sont regroupés à l'arrière de la voiture, les vieillards au fond, les femmes en première ligne. Le quidam rigolard du strapontin continue à s'esclaffer, et de sa gorge éployée sort un vacarme de démon, un souffle qui vient fouetter les visages, décoiffe les cheveux, suffoque les bouches et les narines. Et voilà que les éclats de rire se fichent dans le gras des banquettes, lézardent les fenêtres, déchirent les publicités, les plans de la ligne, les avis placardés, traverse les surfaces plastifiées des parois, fissure le linoléum du sol et gagne les autres éléments du train qui se met lui-même à frissonner, à cahoter sur ses rails. Et les passagers, sous la pression de ce vomissement d'hilarité, tombent comme des quilles, s'étalent par terre, s'accrochent des deux mains aux poignées de maintien. Et l'homme au fou rire, à son tour, est pris de convulsions, il roule sous les banquettes et sa jovialité fuse de plus en plus forte, c'est une machine folle, une rafale de hoquets formidables qui lui sortent du ventre, explosent dans la nuit atone du métropolitain.

« Qu'est-ce que, râla le chef de gare, ce bruit, merde, qui était en train, nom de, compter avec deux contrôleurs, Dieu on, la recette des infractions, ne s'entend même plus, de la journée.
— On va, dit le contrôleur en chef, lui coller une de ces zamendes !
— Ça c'est sûr, dit le contrôleur en sous-chef, et en plus de la zamende, une de ces raclées ! »
Le chef de station dit : « Je sors voir », et sortit voir. Il était à peine sorti de sa cabine qu'il vit une rame entrer en gare, inexplicablement prise d'un tremblement spasmodique, comme si elle avait la fièvre. Plus étrange encore, il émanait de ce convoi un tintamarre épouvantable qui résonnait fantastiquement sous les arches de la station : à croire qu'une armée de harpies ricanantes avait pris possession de ces wagons, et le conducteur semblait avoir fort à faire pour garder le train sur ses rails.

Quand il réussit tout de même à l'immobiliser à peu près en face du quai, tous les loquets des portes sautèrent en même temps, et un flot de voyageurs terrorisés se répandit sur la plate-forme, courant partout, se bousculant, en direction de la sortie.

« Qu'est-ce qui se, hurla le régulateur, passe donc ?

— Monsieur le chef de station, cria une vieille dame en sautant dans ses bras, il faut faire quelque chose, vite, il y a dans ce métro un homme qui a le fou rire depuis la Garce de l'Est !

— Le fou rire ?

— Positivement.

— Il est seul, vous en êtes sûr ?

— Oui. »

Le conducteur-cheminot de la rame accourait à son tour : il n'avait plus le contrôle de sa machine, y avait-il un tremblement de terre, non, c'est un passager qui fait du tumulte, je viens avec vous.

Le chef de station déposa la vieille dame dans une corbeille marquée : « Jetez vos billets ici », se précipita dans la cabine, alerta les deux contrôleurs, leur distribua des matraques anti-délinquants, et tous les quatre coururent au wagon d'où sortaient les éclats de ce rire anti-ordre public. Dans la voiture ne restait qu'un groupe d'enfants contemplant un homme qui se roulait à terre en se tenant les côtes.

« Sortez, les gosses, cria le régulateur, il est dangereux. »

Les enfants sautèrent sur le quai mais continuèrent à regarder : les quatre employés de la compagnie baissaient et levaient leurs matraques, leurs belles matraques à mettre hors de combat tous les délinquants de sept à soixante-dix-sept ans, le régulateur criait des ordres, les autres criaient aussi : « Tu vas te taire ? Tu vas la boucler ? Salope ! Pédale glousseuse, on va t'apprendre à te marrer ! » et les matraques allaient de plus en plus vite, et à mesure que leurs cadences s'accéléraient, l'énorme rire perdait en intensité, agonisait, s'étranglait enfin dans quelques hoquets vite étouffés par le bruit mat des coups, le halètement des employés, l'entrechoquement des matraques à tête chercheuse. Puis le chef de station dit : Ça suffit, il a eu son compte, il rigolera plus maintenant, allez chercher une civière, une éponge, une serpillière et un balai, et vous les gosses, arrêtez de regarder, montez dans un autre wagon, le train repart dans une minute.

— Aujourd'hui, on sera en retard chez nous, dit Icigo.

— Oui, mais cette fois on a une excuse.

— On demandera au chef de gare de nous faire un mot.

— Tu crois qu'il était dangereux ? demanda Tilt à Encre-Bleue

— Il n'y a rien de plus dangereux qu'un fou rire, répondit sentencieusement la jeune enfant. Ça se communique, c'est un virus dont il est très difficile de se débarrasser.

— Heureusement qu'on a eu notre vaccin il n'y a pas longtemps, admit Potronminet.

— Oui, mais il faut le renouveler chaque année, sinon tu risques d'être contaminé. C'est une maladie drôlement vicieuse.

— Il paraît qu'on met au point en ce moment un vaccin total anti-rire, anti-larmes, dit Frime Cocodie.

— Pourquoi? C'est grave de rire, même de rire tout doucement? demanda Tilt.

— Maintenant, ça va l'être », fit une grosse voix derrière lui.

C'étaient les deux contrôleurs qui venaient d'entrer dans la voiture et placardaient de gros avis écrits au feutre :

« Défense de rire entre huit heures du matin et minuit sur l'ensemble du réseau.

« Tout contrevenant sera puni par la loi. »

« A quoi ça sert de mettre ça? demanda Tubulure, puisque de toute façon personne ne rit jamais dans le métro?

— Qu'est-ce que je lui réponds, chef? » demanda le premier contrôleur au second.

A quoi le second contrôleur rétorqua :

« Réponds pas, sous-chef, on n'a pas de consignes. »

Et ils passèrent au wagon suivant.

LÉGENDES
DU PAYS DES ÉGOUTS

« Agnangnangnan, agnan, gnan, chuchota Tubulure.

— Arrheu, arrheu », répondit Tilt.

Il savait maintenant par cœur le mot de passe qu'il devait dire chaque matin quand il retrouvait les autres. Une fois que la bande était au complet devant la station, Encre-Bleue sifflait dans ses doigts : un coup bref, deux coups longs. Alors de la bouche de métro Naphtalingrad sortait une grosse langue rougeâtre qui avalait gloutonnement les neuf enfants pour les déposer quelques mètres plus bas, dans la salle des guichets.

Kikessessoi n'était toujours pas là. Il y avait plus de quinze jours maintenant qu'il avait disparu. Les petits se perdaient en hypothèses plus vaines les unes que les autres, supposant qu'il était mort ou malade, qu'on l'avait mis en prison ou qu'il avait pris femme. Mais tous regrettaient le stupéfiant prestidigitateur qui avait su gagner leur affection. Le reverraient-ils jamais, passeraient-ils le reste de l'année à attendre ? Telles étaient les seules questions qui pour le moment les agitaient.

Peu après l'incident de l'homme au fou rire, largement amplifié par la presse et la télévision — qui avaient exigé et obtenu la révocation du Haut-Commissaire à la Politesse Exquise pour les transports en commun, déjà compromis dans l'affaire du papillon géant du viaduc de Passy —, après cet incident, donc, les règlements relatifs aux réseaux de chemin de fer métropolitain furent renforcés. Les attributions des Postes de Commande centralisés situés à Vincennes et boulevard Bourdon à Paris outrepassèrent la simple régulation des trains ou la commande automatique des itinéraires : en doublant leur personnel et leurs moyens, on leur confia également le contrôle et l'identification des voyageurs voiture par voiture, ainsi que la surveillance des quais et des couloirs, et parfois même des abords des stations; des caméras et des micros furent placés dans chaque wagon, dissimulés dans les barres d'appui, les poignées de maintien, le toit et les plinthes des corridors, derrière les panneaux publicitaires; des renifleurs furent installés dans le dossier des banquettes, des pinceurs à bras télescopiques et des gicleurs à encre disposés sur le rebord des fenêtres, des tireurs d'oreilles sous les appuis-tête, des suceurs pour absorber les taches et les saletés diverses; grâce à quoi chaque mouvement, chaque mot, chaque odeur des usagers étaient immédiatement retransmis, recomposés sur le tableau de contrôle audio-olfacto-optique des postes centraux. Et dès qu'un ou plusieurs individus enfreignaient les règlements ou commettaient une faute non sanctionnable par les pinceurs, les gicleurs ou les tireurs, on les pistait sur synoptique avec les visualisateurs. Dès leur sortie du wagon, un haut-parleur à la voix grave et sévère (on avait même prévu des traductions pour les immigrés et les touristes) les interpellait et leur ordonnait de se rendre au bureau du chef de gare que l'on avait prévenu entre-temps par téléphone. Tous les bancs en bois des stations avaient été envoyés à la casse et remplacés par des sièges-baquets en plastique où l'on ne pouvait s'asseoir qu'un à un. Cela renforçait l'isolement des passagers et raréfiait les possibilités de contacts entre eux. En outre, les effectifs des policiers en uniforme avaient été doublés dans chaque gare, et les contrôles d'identité se multipliaient partout.

Bref, le métro continuait à être, de tous les moyens de transport, le plus haïssable et le plus nécessaire.

Eux, blonds, bruns, angelots, minces, râblés, joufflus, rubiconds, continuaient comme les autres; aucune ligne d'autobus ne desservant directement leur quartier, ils étaient condamnés au Politain et y trouvaient même, par la seule grâce du mouvement, ample moisson de rêves et de sensations.

Comme tous les enfants, bien sûr, ils étaient obsédés par leur avenir scolaire et professionnel.

« Tu sais, moi, ma mère, susurrait un de ces tendres chérubins, elle est tellement tracassée par la propreté qu'elle fait bouillir son sein avant de donner la tétée à mon petit frère.

— Mes parents aussi, pépiait un autre frêle garçon, ils disent qu'il faut de l'hygiène; avant de faire l'amour, ils examinent chacun pour l'autre leur sexe au microscope et se le nettoient avec un pinceau stérilisé trempé dans l'alcool à 90°. Parfois, l'inspection dure une heure, et après, comme ils n'ont plus le temps, ils sont obligés de se rhabiller.

— Vous savez ce qui est arrivé à Sylvie, une fille de l'école ? disait alors Faunette. Une fois, Sylvie, qui a huit ans, demande à sa mère : « Comment les femmes ont-elles des enfants ? » Sa mère lui dit en ricanant : « C'est en mangeant beaucoup de soupe. » Alors Sylvie, qui a toute confiance en ses parents, mange de la soupe en cachette, se relève la nuit pour terminer les potages, lécher le fond des assiettes et des cuillères, préparer en douce des sachets-minute et des bouillons instantanés. Inexplicablement, au bout d'un mois, elle grossit, son ventre gonfle jusqu'au jour où, à une visite médicale de l'école, le docteur la déclare enceinte. C'est la stupéfaction : on soumet Sylvie à plusieurs examens, on la questionne, on la gifle, on interroge ses camarades, on épluche son emploi du temps. Il faut se rendre à l'évidence : Sylvie est encore vierge, l'hymen est toujours là, elle a donc conçu par la bouche, le potage en est la cause. Les parents sont blâmés, Sylvie leur est retirée, on l'autorise à se faire avorter : Horreur ! Le fœtus a une tête de vermicelle ! Alors l'affaire remonte jusqu'au gouvernement. Une loi est votée : on interdit la vente de la soupe aux mineurs de moins de dix-huit ans.

— Zut, fit Tubulure, j'en ai mangé hier soir, heureusement que personne ne m'a vu !

— Moi, commença Tilt, sautant à pieds joints du

coq à l'âne, je peux vous dire comment mes parents m'ont créé : je ne prétends pas que tous, ils fabriquent leurs enfants comme les miens, chacun, je pense, a sa méthode. Ma mère est musicienne : elle a au fond du ventre un gong en forme d'œuf qui résonne au moindre contact et se met à grossir : cela donne un enfant. Un jour, mon père, après de nombreuses tentatives, réussit à frapper ce gong avec son huile à bébé. Je naquis neuf mois plus tard, emmailloté dans une cloche. Voilà mon origine.

— Ecoute, fit Potronminet, on s'en fout de la manière dont tu fus conçu. Tu raconteras ça au cours de psychanalyse demain. Pourquoi tout le monde parle de sa naissance comme si ça n'avait lieu qu'une fois ?

— C'est vrai, renchérit Tohu. Surtout que la première n'est jamais la plus belle, puisqu'on ne la choisit pas.

— Tout de même, l'avantage, quand tu es né, c'est que tu n'as plus besoin de recommencer, fit remarquer Faunette.

— Je voudrais savoir, demanda Tohu : est-ce qu'on naît enfant, ou est-ce qu'on le devient ?

— Ce qui est sûr, c'est que même les enfants naissent », trancha Encre-Bleue.

Tilt, qui avait commencé à bouder, débouda et en profita pour reprendre la parole :

« Moi aussi, je suis musical : c'est un don que j'ai hérité de ma maman. Quand on me gifle sur la joue droite, ça fait *la*, sur la joue gauche, *sol* dièse, avec une ceinture sur le dos, l'accord de *ré* septième mineur, à coups de martinet sur les fesses, les premières notes de *L'Internationale*.

— De *L'Internationale* ? demanda Potronminet. Pourquoi ?

— On est tous socialistes dans la famille, dit Tilt, pas fier.

— Et un coup de poing dans les dents ? questionna Icigo.

— Elles sont pas encore poussées, dit Tilt, je suis trop petit.

— T'es drôlement en retard ! dit Tohu.

— Pas du tout, rétorqua Tilt. C'est normal. Moi, j'ai été formé très tôt : à cinq ans, j'ai eu mes premiers testicules.

— Ça m'étonnerait, fit Tohu. Moi, j'ai vu un docteur, il m'a dit que j'aurais rien avant quinze ans, alors tu parles...

— Tiens, fit Tilt, j'te montrerai à la récré, tu pourras même les toucher, elles sont toutes dures... »

Ils allaient poursuivre leur conversation, à voix basse, bien entendu, pour ne pas être surpris par les micros, quand le métrotinette qui arrivait Gare du Pôle Nord, au lieu de ralentir et loin de s'arrêter, bien au contraire accéléra.

« Arrêtez, arrêtez ! » s'exclamèrent la dizaine de croquants qui avaient fait de cette station l'étape ou le terme de leur périple.

Mais déjà le train, sous l'œil stupéfié des attendants et des attendantes perchés sur le quai, s'était engouffré dans le tunnel et fonçait vers la gare des Steppes Orientales et du Samovar Chaud.

« Qu'est-ce qui se passe ?
— Pourquoi ne s'arrête-t-on pas ?
— Qu'est-ce qui justifie une telle hâte ? »

Telles étaient, et dans l'ordre, les trois questions que se posait par-devers soi chacun des passagers de la rame. Tout le monde se levait, s'asseyait, allait taper contre les vitres. Les visages étaient devenus livides, une peur sournoise, rampante, s'insinuait chez tous les voyageurs.

« Il stoppera à la prochaine », hasarda quelqu'un.

Erreur : la gare des Saucisses de Strasbourg passa aussi vite que la précédente. Et même plus vite. C'est à peine si les passagers du train purent apercevoir les visages de ceux qui occupaient la station. Et inversement. On tirait les sonnettes d'alarme, à les briser, partout les feux de signalisation étaient bloqués sur le rouge ; dans les wagons, les gadgets électroniques de surveillance s'étaient détraqués et fonctionnaient tous ensemble, affolés par cet événement non programmé. Des personnes d'âge respectable se faisaient tirer les oreilles, des élégantes étaient aspergées par l'encre des gicleurs, des maigrichons avaient les fesses cisaillées par les petites tenailles des pinceurs, et les maltraités hurlaient, se débattaient. Certains même, dans leur fureur, osaient arracher, détruire, briser le matériel de coercition de la R.A.T.P. Les machines menaient leurs charges de voyageurs vers une apocalypse, elles rugissaient, grinçaient, se balançaient dans les courbes, passant les stations, s'engouffrant dans les tunnels avec une alternance si rapide d'ombre et de lumière que les yeux en étaient brûlés ; une voiture bondissait en l'air, l'autre descendait ou était secouée vers la droite à l'instant où une troisième faisait une embardée à gauche.

Dans les cerveaux secoués des transhumants, deux hypothèses surgissaient : ou le conducteur est devenu fou, ou il est mort, et ces horribles présomptions augmentaient les rythmes cardiaques, humidifiaient les paumes, convulsaient les muscles, moitaient les aisselles des anxieux d'où l'on pouvait voir tomber goutte à goutte une sueur âcre et acide.

Repue-La-Bique, Richard-Leloir, Quai de la Carotte Râpée, toutes ces gares avaient été franchies en un éclair. Les autres trains, que l'on doublait, sautaient précipitamment sur les trottoirs des stations pour laisser passer la rame hirsute et véloce qui brûlait les étapes, bondissait sur le pont d'Austerlitz, secouait sa cargaison terrifiée, se cognait aux structures métalliques, replongeait au-dessous du niveau de la mer et semait la consternation chez les employés du réseau. Finie, la sage division du parcours en petites tranches égales et mesurées : le monstre d'acier et de moleskine franchissait le circuit d'une traite, dans un fracas de roues surchauffées et de ferrailles exténuées ; un ingénieur des Ponts-et-Chaussettes calcula, au jugé, qu'il devait faire du 40 kilomètres à l'heure — vitesse inouïe pour le Politain! Dans le convoi emballé, il n'y avait que le groupe des neuf enfants pour se réjouir de l'imprévu et oser coller le nez à la vitre.

« Il va Gare du Golfe du Lion, hurla Encre-Bleue à l'oreille de Tohu, il va prendre la voie ferrée et descendre vers le Midi!

— Nous serons ce soir peut-être au bord de la mer, transmit Tohu à Frime Cocodie.

— Il va glisser sous la Méditerranée et passer en Algérie, hurla de nouveau Encre-Bleue à Tohu.

— On a de la chance, on a de la chance ! criait Tilt à tue-tête, il nous arrive toujours quelque chose dans le Politain ! »

Autour d'eux, l'ambiance était à la panique, au sanglot, à l'épouvante. Les occupants s'apprêtaient tous à mourir, plus ou moins lamentablement, dans ce cataclysme airatépéien, quand, Place Rital contre toute attente, la rame folle, piaffante et cahotante, donna un brutal coup de frein et stoppa devant l'espace alloué à la montée et à la descente des veaux et des iageurs.

Les quais étaient noirs de Serrés-Esses, mitraillette à pruneaux à la main, le chargeur engagé. Ils arrêtèrent immédiatement le conducteur qui était sorti de sa cabine comme si de rien n'était : il se débattait, suppliait qu'on le laisse tranquille, voulait rentrer chez lui au plus vite, en avait assez de s'arrêter et de repartir. On lui fit une piqûre dans le bras et il fut emmené par deux infirmiers. Pour se détendre, les Compagnons Républicains de Sécurité reçurent la permission de tabasser quelques basanés à l'allure douteuse qu'on avait arrêtés dès le début de l'incident, comme chaque fois qu'il y a du désordre dans le réseau. Un officiel de la Régie un porte-gosier à la main s'excusa auprès des passagers de cet incident dû à la défaillance psychique d'un membre du personnel, qui serait châtié proportionnellement à sa faute.

« Pour éviter que ne se renouvelle ce genre de mésaventure, continuait le crachouilleux préposé, on installera un surveillant dans chaque cabine de conduite. » Puis il leur permit de décamper, car une rame était spécialement mise à leur disposition pour les ramener à leurs destinations respectives.

« Encore vous! s'écria-t-il cependant peu après, lorsqu'il aperçut, au milieu de la foule commotionnée, la bande des neuf. Partout où il y a du bordel, vous y êtes !

— C'est tun nasard, m'sieur le régulateur, dit Encre-Bleue.

— C'est vous qui attirez les accidents, ma parole! Faites gaffes, les momacques, je vous ai à l'œil. »

Justement, les neuf écoliers regardaient les affiches. Sur les murs s'étalait la collection d'automne des magasins Prénubil. Parmi les nouveautés, on remarquait un vernis à ongles à l'acide sulfurique, pour empêcher petits garçons et petites filles de se gratter le nez. Chaque fois que l'enfant met son doigt enduit de vernis au contact de ses muqueuses nasales, il s'ensuit une douleur violente d'au moins trente minutes. Il y avait également toute une série de camisoles d'hiver doublées de fourrure, des sangles pour les voyages, les réceptions, les dîners, les mariages, les distributions, des gaines d'acier et de plastique qui creusent le ventre, lient les omoplates, guindent le torse, le tout agrémenté, pour un petit supplément, de sticks dépilatoires et de bâtons désodorisants à mettre sous les bras. Et enfin, sur un panneau à part, l'offre de la semaine, une sorte de râpe à gruyère sous laquelle était écrit : « Si votre enfant a les dents trop longues ou si vous craignez qu'il ne vous morde quand vous le battez, achetez la meule Prénubil pour lui limer les canines. »

« Circulez, circulez, dit un policemane, pas d'attroupements sur le quai.

— Ben quoi, dit Tubulure, on a bien le droit de savoir à quelle sauce on va être mangés ! »

Il n'en obtempéra pas moins. La dernière chose qu'ils virent avant de quitter la station en sens inverse, ce fut un ouvrier qui grattait, à l'aide d'un vaporisateur, un graffiti tracé au marker sur la faïence. Le graffiti disait :

Métro =
MutismeEtouffementTerreurRacisme
Oppression

Quinze jours après ces incidents — c'était un mercredi —, Encre-Bleue, Faunette, Icigo, Tubulure et Tohu, les plus grands, allaient faire du sport au Parc des Pinces ; ils roulaient sur la ligne 10, venaient de quitter la station Emile Zoulou, et le wagon était presque vide lorsque quelqu'un derrière eux éternua avec force ; presque aussitôt, et comme par un lien de cause à effet, les bouteilles de la publicité Dubonnet, peintes sur le mur du tunnel, tombèrent par terre et se cassèrent en mille morceaux.

C'était un véritable tour de magie : ils n'avaient jamais vu ça. Alors, du fond de la voiture, souriant, amaigri, l'air fatigué, vêtu d'un long manteau vert avec un V dessus (c'était le nouvel uniforme obligatoire pour les clochards : V comme vagabond) arriva Kikessessoi. Pourquoi s'était-il absenté si longtemps ? Que lui était-il arrivé ? Il refusa de répondre à leurs questions. Il avait seulement une histoire à leur raconter : étaient-ils prêts à l'entendre ? Qu'ils lui laissent une petite place sur leur banquette.

Et cet après-midi-là, tandis qu'en surface une usine en grève était évacuée par la police, un avion détourné sur un pays méditerranéen, un juge d'instruction abattu en Europe du Nord, et que les valeurs françaises continuaient de chuter à la Bourse, cinq enfants d'âge indéterminé, installés dans un train de la ligne 10, écoutèrent la légende du Métropolitain telle que la leur confia un énigmatique clochard au nom pas clair de Kikessessoi, et ce récit dura si longtemps, si longtemps, qu'ils firent tous ensemble au moins quatre fois le tour complet de la ligne Porte-Fauteuil, Gardons-Léon, Otez-Lise.

Ce qu'il y avait sous Paris, avant le métro

Ecoutez bien, petits morveux aux joues de miel, et tendez vos oreilles ; car ceci fut, s'est passé, arriva et survint ; et ceci reviendra, se répétera si l'occasion se présente une autre fois. Ecoutez donc cette histoire :

elle commence au temps où les moyens de transport, qui sont aujourd'hui sous la maîtrise de l'homme, étaient encore sauvages. Ou plutôt, ils venaient juste d'être apprivoisés. L'auto était sauvage et roulait sauvagement, la bicyclette était sauvage et avançait sans guidon, le bateau était sauvage et se laissait ballotter par les vents, l'autobus était sauvage et se dirigeait seul, la moto ronflait sans passager, l'avion volait sans moteur, et ils allaient par les chemins poudreux, les mers agitées, les airs pleins de vents et de nuages, tous solitairement et en désordre. Mais le plus sauvage, le plus indomptable de tous était le métro qui, à l'époque, n'était pas le métro, mais une sorte de Grosse Taupe Enorme Géante et Monstrueuse qui vivait en Ile-de-France, sous la ville de Paris, et passait son temps à courir dans les galeries qu'elle avait elle-même creusées de toute la force de ses pattes. Et elles étaient plusieurs à cheminer sous la capitale, et toutes ces taupes, malgré leur taille et leur volume, étaient myopes comme toutes les taupes de tous les pays. Et la terre qu'elles avaient poussée devant elles pour déblayer leurs galeries à l'aide de leurs membres antérieurs aux doigts réunis par une membrane en forme de pelle, cette terre s'était transformée en monticules, en collines, en tertres, et ce sont ces collines qui entourent aujourd'hui la ville de Paris et qui s'appellent : la montagne Sainte-Geneviève, la butte Montmartre, les Buttes-Chaumont, les hauts de Ménilmontant-Qui-Passe. Mais patientez, ô frimousses aux yeux pétillants, laissez-moi dire les choses telles qu'elles se produisirent, et dans l'ordre.

Naturellement, vous le savez, l'homme n'était plus sauvage. Il s'était même civilisé depuis des siècles que c'en était inquiétant. Soit que l'on veuille entendre civilisé comme civil et rusé, lisse et rasé, ou encore vil et divisé. Peu importe. Bref, à cette époque déjà, l'homme prétendait maîtriser la Nature, domestiquer les animaux, contrôler les moyens de transport. Et je ne vous dirai pas, ô créatures infantilisées jour et nuit par des adultes encore plus infantiles que vous, je ne vous dirai pas la manière dont l'auto, l'avion, la moto, le bateau et la bicyclette furent apprivoisés, cela vous le savez tous, vos manuels d'histoire vous le serinent vingt-quatre heures sur vingt-quatre et cette histoire est trop lamentable, trop triste pour être répétée ici. Encore faut-il avouer que, de tous ces véhicules, seul le vélocipède est resté indomptable, fier, inflexible, et c'est pourquoi les êtres épris d'errance douce et de vagabondages buissonniers ont pour lui aujourd'hui un tel regain d'affection.

Mais le métro, lui, était encore sauvage. Cela se passait à la fin du siècle dernier, et le métro ne s'appelait pas encore le métro. On le désignait amphigouriquement comme : la-Taupe-Géante-qui-fait-des-trous-sous-la-Terre-de-la-Capitale. Cette taupinière colossale était dispersée dans toute la région parisienne, de Passy à Massy, de Rungis à Mérogis, de Montrouge Et Le Noir à Villeneuve, d'Issy-les-Moulineaux à Là-bas-les-Moulinettes, et toutes ces localités étaient alors des villages de campagne avec des vaches et de l'herbe, des ânes et du chardon, des paysans et des fleurs. Mais les taupes, animaux fouisseurs à pattes antérieures puissantes, creusaient leurs tunnels comme bon leur semblait, mangeaient les racines des arbres, les fondations des habitats, les tuyaux des canalisations, et il arrivait souvent qu'un champ, une maison, une route s'effondrent ou s'affaissent parce qu'un de ces mammifères géants était passé dessous. Et les gens se lamentaient, se révoltaient contre les autorités qui ne faisaient rien pour les protéger.

Les taupes passaient leurs journées à se courir après, à chasser, à faire des compétitions de vitesse, à gratter, déblayer, étayer, entasser la terre. Et c'est ainsi, ô pioupious aux fesses pleines, c'est ainsi qu'à force de galoper pendant des années et des années, leurs pattes devinrent des roues. Et je vous expliquerai ceci, ô fervents amoureux de la cochonnerie, dès que vous aurez fini de vous gratter le nez et d'en avaler furtivement les crottes dures et salées. Voilà pour vous, mes auditeurs, vous avez eu votre goûter, je poursuis. Et maintenant, saisissez bien par quel miracle ces animaux souterrains avaient fini, au cours des ans, par presque ressembler à un wagon de métro. Je dis bien « presque », car pour que la similitude fût parfaite, il y fallut plus tard l'intervention de l'homme, comme vous le verrez.

Donc, à force d'être propulsées d'avant en arrière, d'être lancées à l'arrière et de revenir immédiatement à l'avant, les petites grosses pattes de mesdames les Taupes Géantes et Démesurées s'étaient d'abord arrondies; leurs articulations s'étaient multipliées comme les ébauches des mille rayons d'un cercle; ces petits morceaux de genoux, de mollets, de cuisses, avaient fini par dessiner un triangle, un carré, et presque une circonférence ; des éléments avaient peu à peu relié le centre de cette roue à tous les points de son pourtour, et la métamorphose s'était achevée le jour où le bout inférieur du dernier ongle du bout du pied du bout de la jambe d'une taupe avait rejoint le bout supérieur de la cuisse supérieure de la même jambe de la même taupe. Et ce n'était là qu'un changement parmi d'autres : par exemple, les taupes avaient aussi abandonné leurs moustaches, qui les freinaient dans leur élan : elles les avaient d'abord rabattues sur leurs joues, mais, comme ces satanés poils avaient tendance à se rebiffer, elles les avaient fait raser chez le coiffeur, et les moustaches, vexées, n'avaient jamais repoussé. Les taupes-sans-moustaches-et-aux-pattes-en-forme-de-roues avaient également perdu leurs dents : elles n'en avaient plus besoin, maintenant que leur réseau de galeries était tout creusé, construit, consolidé, et ce capot d'émail en chasse-neige devant leur bouche les ralentissait considérablement. Elles s'étaient donc limé canines et molaires réciproquement, et les dents, vexées, n'avaient jamais repoussé. Même chose pour la queue : agacées de toujours se la faire piétiner par la concurrente de derrière et de se prendre les pattes dans celle de la concurrente de devant, elles s'étaient toutes coupé l'appendice réciproquement ; et les queues des taupes, vexées, n'avaient jamais repoussé. Vous comprenez que les taupes étaient alors physiquement diminuées. Elles avaient tout sacrifié à leur passion de la vitesse, et pour cela s'étaient privées de presque toutes leurs défenses naturelles. N'allez pas croire cependant que ces changements se passèrent en quinze jours ; loin de là ! Il y fallut au moins deux siècles. Les premières taupes géantes arrivèrent dans la région parisienne au début de la Renaissance, leurs pattes s'arrondirent vers la fin de la Révolution française, et ce n'est qu'à la fin du XIXe, mais vraiment à la fin, qu'elles ressemblèrent presque à un wagon de métro actuel. Et je dis bien « presque », car la similitude ne fut parfaite qu'à l'instant où l'homme y mit du sien et la femme de la sienne, comme vous allez le voir.

Au début de ce siècle, vivait à Paris un ancien apprenti boulanger du nom de Politain, qui était connu dans le monde entier comme un spécialiste hors pair en croûte terrestre. Des fragments de croûtes, il en avait goûté des quantités (car il était très gourmand), et chaque fois qu'on lui en apportait un, il l'analysait, le filtrait, le croquait et déterminait ainsi son âge, sa provenance, sa destination. Et il avait toujours raison, car il ne se trompait jamais puisqu'il était infaillible. Il aimait aussi beaucoup les animaux et collectionnait les cailloux et les coquilles d'escargots. Bref, c'était un savant. Or, à cette époque (disons entre 1890 et 1900), la ville de Paris souffrait déjà d'un sérieux problème de transports : il y avait beaucoup de voitures à moteur, de tramways électriques, d'autobus à piles, d'omnibus à chevaux, de cycles à roues et de piétons à jambes, et ce magma jeté dans des rues trop étroites, des boulevards trop rares, des venelles trop fétides, des avenues trop inachevées, toute cette foule de chair et de métal, innombrable et multiple, entravait la circulation, congestionnait les véhiculations, bloquait les translations et rendait le centre de la Conurbation impraticable aux heures de pointe (qui sont, comme chacun sait, les heures où ça vous pique le plus). Et puis, il en allait du sort de toute l'économie de la région parisienne. Pour assurer l'emploi, ne pas désorganiser la production, il fallait des transports efficaces et rapides. De grandes forces de travail étaient perdues chaque jour. Il y avait là un impératif qui primait tous les autres. En conséquence de quoi, le Conseil de Paris avait voté la construction d'un chemin de fer souterrain intra-muros qui emprunterait toutes les galeries creusées primitivement par le peuple des Taupes géantes sous le sol de la Capitale. Pour mener cette tâche à bien, il fallait donc en priorité exproprier ces grands animaux nocturnes tout en évitant de susciter leur colère (car on redoutait leurs réprésailles en cas de maladresses). On fit donc appel au seul spécialiste de prestige qui existait alors en France, le professeur Politain. Et ceci pour deux raisons : on estimait en haut lieu que Politain, étant fin connaisseur en écorce, croûte et surface, devait en savoir plus encore en sous-écorce, sous-croûte et sous-face. Ce qui était vrai. Et surtout, Politain, n'ayant pas d'enfants, avait adopté, au lendemain de la grande guerre des Toms et des Jerrys qui avait ravagé la France animalière après 1870, un bébé taupe, un poupon rat, un mulot nourrisson, avait appris leurs langues et les avait parfaitement apprivoisés. Cette double qualification en faisait un candidat de choix.

Bien entendu, il accepta immédiatement cette mission, et il étudia attentivement le dossier des transports en commun pendant des mois et des mois. Il se rendit à Londres et à New York, qui avaient déjà leurs « subways » respectifs ; à Paris, il fit deux descentes de reconnaissance dans les sous-sols, une première fois en passant par les égouts sur la place Juteux, dans le Ve arrondissement, une deuxième fois en empruntant les catacombes du square D'enfer-réchaud-rond, dans le XIVe. Enfin, le 1er janvier 1898, accompagné d'ouvriers terrassiers, de maçons, de techniciens, de traducteurs, de zoologistes, de géologues et de son ami l'ingénieur Bienvelü, le professeur Politain s'enfonça dans les sous-sols de Paris, au cœur même de la Capitale, sous la place du Balai-Loyal, où l'on estimait que devait se trouver le quartier général des Rongeuses. Quand ces dernières virent arriver dans les noirs couloirs de leurs villages cette troupe d'hommes armés de lampes-torches et chargés d'appareils étranges, la Taupe-en-Chef, Bolide-Aveugle, freina brutalement et s'écria :

« Mais qui sont ces êtres montés sur deux bouts de bois qui blessent nos yeux avec leur horrible clarté ? Et de quel droit, ô sœurs Taupes, de quel droit viennent-ils interrompre nos courses infinies ? »

Alors Politain, qui marchait en tête et avait tout compris (car il parlait taupin), s'avança vers Bolide-Aveugle et, après une profonde révérence, lui tint ce discours :

« O vénérable Reine et souveraine de la peuplade des Grandes Coureuses et des Grandes Baladeuses, je viens du Pays du Dessus t'apporter le salut des êtres qui marchent à deux pattes dans la pleine lumière du

Soleil. Ta célébrité est légendaire chez les habitants de la Surface, et ils m'envoient vers toi te témoigner leur admiration. »

A ces mots, Bolide-Aveugle ronronna de bonheur : car elle avait beau être taupe, elle n'en aimait pas moins les compliments. Mais Politain poursuivit :

« Il n'y a pas dans tout l'univers marin ou sous-marin, infernal ou divin, éthéré ou aérien, une race d'êtres qui soient capables de se déplacer à la vitesse de ton peuple, ô majesté souterraine. C'est pourquoi mon gouvernement m'a chargé de te remettre ce cadeau en gage d'amitié et de bonnes relations. »

Et Politain déposa devant le museau frétillant de la reine un petit moteur électrique alimenté par un groupe électrogène. Et Politain se pencha dans l'oreille fuselée de Bolide-Aveugle (chez les taupes, les oreilles ne sont qu'un simple repli), et murmura à voix basse :

« Si tu mets cet appareil dans ton ventre, ô Grande Maîtresse Taupinière, non seulement tu iras plus vite que les autres Taupes, mais tu iras cent fois plus vite que les particules les plus rapides de l'univers, et dans ton mouvement, tu rattraperas alors la rotation de notre planète.

— Vraiment ? » fit Bolide-Aveugle, que cette perspective d'accélération mettait dans les transes.

Et elle ouvrit grand la bouche pour avaler le petit moteur. Mais l'une de ses proches, qui redoutait un malheur, s'approcha d'elle et lui dit :

« Ne mange pas de cette chose, ô Majesté Cousine, car rien de bon n'en résultera pour nous. »

Alors Bolide-Aveugle referma sa gueule, recula et se

tut. Politain était dans l'embarras. Si près du but, tout échouait par la méfiance d'une de ces bestioles. Il consulta ses compagnons d'aventure et eut alors recours à une ruse grossière. Il dit une nouvelle fois à Bolide-Aveugle, dans la fente de l'oreille :

« La jalousie égare tes compagnes, divine Reine, la simple idée que tu pourrais les supplanter les rend malades. Avale ce petit moteur et tu bafoueras à tout jamais leur orgueil. Montre-leur qui commande, et que ta domination repose sur une puissance effective. »

Bolide-Aveugle, à qui jamais on n'avait parlé de telle façon, acquiesça aux perfidies de l'étranger, ouvrit la bouche et avala tout rond le moteur qui tomba dans son estomac. Une équipe de techniciens, dirigée par l'ingénieur Bienvelü, s'occupa de raccorder les différentes parties du moteur aux roues de la Taupe. Puis Politain brancha l'électricité et Bolide-Aveugle démarra en trombe, fit le tour de Paris, de la Petite à la Grande Ceinture, du Centre à la Périphérie, de la Rive Gauche à la Rive Droite, en moins de 50 minutes, plus rapidement qu'elle ne l'avait jamais fait. Ce que voyant, les autres Taupes, à leur tour, voulurent toutes un petit moteur dans leur estomac : exactement ce qu'avait escompté Politain. Et ce jour-là, sous Paris, toutes les Taupes Géantes et Démesurées tournèrent des heures et des heures durant dans leur circuit, branchées sur des batteries de 1 500 volts, à la vitesse moyenne de 25 km/heure. Ce qui, de mémoire de Taupe Géante et Démesurée, ne s'était jamais vu. Et les Parisiens qui sentaient le sol trembler sous leurs pas crurent qu'un tremblement de terre ravageait le département de la Seine.

Mais lorsque la Reine revint de sa promenade, elle semblait de méchante humeur et dit à Politain :

« Station-Debout, émissaire des habitants de la Surface, tu m'as trompée. Tu as distribué ce moteur à chacune de mes sujettes, et voilà qu'elles vont toutes aussi vite que moi et que rien ne les distingue plus de leur souveraine. »

A quoi Politain, qui avait tout prévu, répondit :

« Cela n'était qu'un début, ô Reine des Cavaleuses. Si tu veux aller plus vite encore, et peut-être aussi vite que le son, il te faut faire trois choses. D'abord, poser tes roues sur des rails, c'est-à-dire sur des barres d'acier profilées, mises bout à bout sur deux lignes parallèles et posées sur des traverses pour constituer une voie ferrée ; ainsi tu ne sentiras ni les cailloux du sol ni les dénivellations du terrain, et tu ne craindras plus de te blesser ou de trébucher.

— Soit, dit Bolide-Aveugle, après un temps de réflexion, j'y consens. Car nos tunnels ont beau être habilement creusés, leur sol est très inégal. Et plus d'une parmi nous a déjà glissé, chancelé, dérapé. »

Politain donna des ordres. Et les techniciens, toujours sous la direction de l'ingénieur Bienvelü, construisirent un ballast de pierre de trois kilomètres et posèrent dessus une belle ligne de rails flambant neufs des Aciéries du Creusot. Ce travail dura deux jours. Au soir du deuxième jour, Politain dit à la Reine :

« Installe-toi sur ces rails, et roule. »

La Reine ajusta ses roues à l'écartement, le trouva

parfaitement à sa taille, partit en flèche, fit plusieurs aller-retour et jugea ce moyen de locomotion fort commode.

« Et maintenant, demanda-t-elle à Politain, quelle est la deuxième condition à remplir pour augmenter ma vitesse et distancer à jamais mes compagnes ?

— Il faut te mettre dans le corps un moteur plus gros ; mais pour cela, nous devons t'enlever d'abord le cœur, le foie, la rate, les poumons, les intestins, tous organes désormais inutiles.

— M'ôter le cœur ? dit la Reine. Veux-tu donc me tuer ?

— Nullement, nullement. Ô Majesté Vadrouilleuse. J'enlève le cœur mais je te donne à la place l'électricité, et l'électricité est la vie même, il y a en elle plus de puissance que dans tous les cœurs de tous tes sujets réunis.

— Et les intestins ? dit la Reine.

— L'électricité ne fait pas de déchets, et tes boyaux ne te serviront plus à rien. »

Mais, à cet instant, plusieurs Taupes — et pas des moindres — s'approchèrent de la Reine et la conjurèrent en termes implorants de ne pas se laisser vider :

« Cet étranger flatte ton orgueil, ô Célébrité Suprême, tu as déjà consenti beaucoup de mutilations, et rien de bon n'en résultera pour nous. Pense à ton peuple, Grande Enfileuse de perles, ne le laisse pas tomber sous la coupe des êtres à deux pattes. »

Mais cette fois, Bolide-Aveugle, que les propositions de Politain avaient troublée, ne se laissa pas convaincre :

« Laissez-moi, coupa-t-elle sèchement, je suis votre reine et j'ai besoin de plus de forces que vous toutes. Cet homme m'offre sa technique, je la dompterai et la maîtriserai à mon tour. »

Et elle ouvrit la bouche et se fit enlever successivement la rate, les intestins, la vessie, l'estomac, l'ancien petit moteur, le tube digestif et le cœur ; puis les techniciens placèrent en bas, juste sous son ventre, un moteur assez long et plat qui recevait le courant non plus d'une batterie, mais directement d'un rail-traction par l'intermédiaire d'un frotteur. Ainsi, la reine n'avait-elle plus liberté de se mouvoir elle-même : elle était en fait déjà prisonnière des hommes, même si elle ne le savait pas encore. Quand elle fut donc réglée, établie, installée, ajustée, Politain ouvrit le transformateur, et la Taupe en Chef s'en fut à tout berzingue sous les sombres couloirs de Paris, et plus à tout berzingue qu'elle n'avait jamais été, de mémoire de Mammifères, Fouisseurs Géants et Démesurés. Ce que voyant, constatant, observant, remarquant, toutes les autres Taupes, jalouses et dépitées, supplièrent Politain de les vider de leurs organes et de les doter elles aussi d'un gros moteur électrique. Le professeur acquiesça tout de suite, malgré la promesse qu'il avait faite à la Reine, et les techniciens passèrent une journée entière à étriper les animaux, sauf un, nommé Méfiance-Prudence-Et-Silence, qui se tint à l'écart en grommelant. Bientôt, les dizaines et dizaines de taupes qui grouillaient autrefois sous le sol de la ville de Paris n'étaient plus que des dizaines et des dizaines de wagons de fourrure, sagement alignés sur des rails. De leur ancien état de Rongeuses, il ne leur restait que le museau, la forme, la toison et la voix. Et Politain ouvrit le transformateur et s'amusa à déplacer, reculer, avancer ces ex-Taupes-Géantes et Démesurées comme un enfant qui joue avec son train électrique. C'est alors que la Reine revint de son tour de Paris, de fort mauvaise humeur :

« Etre à deux pattes, cria-t-elle, tu m'as encore trompée. Tu as distribué ma puissance à chacune de mes sujettes, et maintenant plus rien ne me distingue d'elles. Dépêche-toi de remplir la troisième condition, sinon je me vengerai cruellement sur toi et sur tes hommes. »

Alors Politain éclata de rire et répondit :

« Ecoute-moi bien, sotte souveraine stupide, cupide et insipide, tu n'as plus aucun pouvoir sur moi ni sur ton peuple. Désormais, toute ta vie et toute la vie de tes compagnes est entre nos mains. »

Et, pour appuyer sa démonstration, Politain coupa le courant, et la Reine s'aperçut avec terreur qu'elle n'était plus capable ni d'avancer ni même de reculer, seulement de crier, gémir, pleurer, menacer, maudire ; et les autres taupes comprirent qu'on les avait trompées, et qu'elles étaient prisonnières des êtres à deux pattes venus depuis la surface avec leurs machines à lumières.

« Désormais, dit Politain, il vous faudra être dociles et nous obéir en tous points. En premier lieu, nous réquisitionnons votre territoire.

— Mais quelle était la troisième condition ? coupa Bolide-Aveugle, dont la voix tremblait de colère.

— Vous faire taire, rétorqua Politain. Je ne peux plus supporter d'écouter vos piaillements, vos miaulements, vos gémissements, et le peuple de Paris en a assez de votre voisinage. »

Alors les techniciens armés de pinces, et l'ingénieur Bienvelü lui-même, muni de tenailles, ouvrirent la gueule de la Reine et lui enlevèrent le larynx, les cordes vocales, l'appareil phonatoire, la langue, puis lui arrachèrent les dents, lui scièrent le palais, les mâchoires, lui bouchèrent les oreilles, installèrent dans ses orbites deux phares, creusèrent dans ses flancs de chaque côté deux fenêtres, aplatirent comme crêpe sa colonne vertébrale pour en faire un toit, coupèrent ses poils, tannèrent sa peau, son cuir, les poncèrent, les blanchirent à la chaux; bref, en quelques heures, transformèrent cette fière et sauvage taupe en un vulgaire wagon de deuxième classe de la R.A.T.P. Et tout cela si rapidement, si rationnellement, si efficacement, avec une telle maîtrise dans les gestes, une telle précision dans les mouvements, que Bolide-Aveugle n'eut même pas le temps de dire ouf. Et tout de suite après, les autres taupes, immobilisées sur la voie par la coupure de courant, subirent les mêmes outrages, furent défigurées de la sorte. Les opérations durèrent cinq heures : les bêtes paralysées défendirent chèrement leur vie, mordirent leurs assaillants si fort que beaucoup furent blessés et que l'ingénieur Bienvelü eut le poignet tranché. Mais les hommes eurent finalement raison des bêtes, et tout rentra dans l'ordre.

Politain et son équipe, en deux semaines, avaient soumis et décimé les Rongeuses, consolidé les tunnels, installé des voies, construit enfin le premier chemin de fer souterrain en cuir de taupe solidifié, avec roues en osséite solide et boggies en moelle pétrifiée. Des animaux fantasques et mystérieux qui avaient des siècles durant hanté ces sombres corridors, il ne restait qu'un tas de fourrure noire, quelques dents, boyaux, bouts d'oreilles, et deux ou trois photographies qu'on envoya immédiatement au musée de la Compagnie, seuls témoignages de cette ancienne peuplade qui avait trop aimé la vitesse. On dit pourtant qu'une taupe, une seule taupe — Méfiance-Silence-Et-Prudence —, la plus soupçonneuse de tous les mamifères, réussit à échapper au massacre et court encore aujourd'hui dans les artères les plus ténébreuses du sous-sol parisien. Des cris étranges, plaintifs, parviennent quelquefois la nuit aux ouvriers qui travaillent sur la voie du métro, mais nul n'a jamais rien vu, et moi-même, ô marmousets aux pommettes colorées, en vingt ans d'errances et de tribulations souterraines, je n'ai pas trouvé l'ombre d'une trace de taupe. Peu importe.

A son retour sur terre, Politain fut acclamé comme un héros. Pour le récompenser, on ajouta son nom à celui du métro, qui s'appela désormais le Métropolitain.

Mais le mot métro lui-même, d'où vient-il ? Certains prétendent qu'avant de mourir, la Reine Bolide-Aveugle aurait soufflé au professeur : « Tu m'as trompé car je t'aimais trop, Politain. » D'autres soutiennent que chaque jour les taupes se prosternaient devant les hommes et balbutiaient : « Tu es notre maître, ô Politain. » D'autres encore affirment que l'expression « Métropolitain » est la contraction de Mitron (Politain était ancien boulanger) et de Politain. Peu importe d'ailleurs : ce nom de métro est un malentendu, comme tous les noms. Souvenez-vous simplement de ceci, ô parpaillots aux dents blanches comme le lait : ce chemin de fer dans lequel nous roulons en ce moment, ces couloirs bétonnés, ces stations carrelées de blanc étaient autrefois le terrier, le gîte, le refuge d'une race de Taupes Géantes et Démesurées qui venaient du centre brûlant de la Terre, et que les hommes ont trahies, trompées, domestiquées, massacrées ; où il y a eu de la vie, de la chaleur, de la folie, il n'y a plus maintenant que foule, ferrailles, puanteurs, horaires, discipline et violence. Et ce coup de force sur les Taupes n'est encore rien si on le compare aux immenses moyens de contrôle sur la population que permet ce nouveau moyen de transport. Mais cela est un autre sujet. Les Taupes Géantes et Démesurées ne reviendront plus, mais d'autres races, peut-être, d'autres espèces surgiront un jour des entrailles de la terre. Ce jour-là, la ville de Paris tremblera.

Le métro venait d'entrer dans la gare de Mon-Père-m'a-t-il-allaité ? Kikessessoi se leva d'un bond.

« Emmène-nous avec toi, supplia Encre-Bleue, emmène-nous.

— Pas maintenant, coupa Kikessessoi. Il n'est pas

encore temps. Il vous reste beaucoup de choses à découvrir par vous-mêmes.

— Tu reviendras chaque matin, comme avant? demanda Faunette.

— Je ne sais pas, vous verrez bien... »

Le vieil homme descendit sans se retourner et se perdit dans la foule qui émergeait en blocs compacts des portillons d'accès.

UNE NUIT SOUS L'OPÉRA

Femmes à demi nues sur des affiches multicolores.
Chewing-gum au bout des seins, boule de
Papier mâché sur le sexe, bite au bic entre les fesses.
   Troupeau chuintant des wagons, toujours à quatre derrière la motrice, disciplinés, penauds
   Mère Denis poussant une brouette de linge sale et s'écriant dans une bulle : « A bas le Travail »
   Dioramas publicitaires, vitrines didactiques, rampes fluorescentes
   Avis de places réservées aux mutilés peints en lettres d'or, à demi effacés.
   Traces de vomi mal lavées, odeur fétide de nourriture régurgitée
   Vieille clocharde slip rose baissé sur les mollets qui se torche avec une feuille de papier jaune
   Chicots de vampire rajoutés au feutre aux sourires béats des jeunes cadres d'affiche
   48 places assises, 52 places debout, 21 horizontales pour fakirs et gisants
   Colonnes montantes, descendantes des escaliers

mécaniques, tremblement des rampes des trottoirs roulants

Edicules déployant leurs ailes de libellules à l'entrée des stations

Rats qui trottinent placidement ou balayent la voie, les pattes dans de gros chaussons rembourrés pour ne pas s'électrocuter

Impression d'écrasement qui naît des plafonds continus

Emanations irrespirables, mélange de sueur, de goudron, de créosote, d'acide carbonique, relents d'égouts

Haleine acétonée des à-jeun, des malades du foie, des cancéreux du gésier, des fumeurs, des alcolos

Tiédeur lourde, analogue à celle des jours d'orage, air déjà respiré, exhalé, jeté au moins trois fois

Wagons se déchaussant de leurs pneumatiques pour se gratter la roue et les essieux

Extraordinaire brassage des corps, des classes, des âges, dernier lieu peut-être ou ils se mêlent encore

Milliers de visages, de peaux, de pigmentations, de cheveux, toutes ces figures au-delà du beau et du laid

Messages anonymes sur les murs, panneaux couverts de slogans

Quand homo est là, hétéro s'en va, J'aime qu'on m'encule à sec

On vous a rendu l'Algérie, rendez-nous Barbès, Vive la Frime

Célestine vaincra. On a pas de pétrole mais on a des Arabes

Jeunes gens virils, tout en cuir, pissant sur des vieillards en première

Conducteurs rossés à mort par des violents de banlieue

Obsédés, exhibitionnistes, pervers, dragueurs, peloteurs

Toute la faune des petits métiers de la libido

A Notre-Dame-de-Levrette la descente s'effectue par la droite, à Comtesse-de-Ségur par la gauche, sous la Seine par le toit, sur le pont de l'Eaustérile par le plancher

Le métro c'est vous, un sourire n'est jamais perdu, remboursez votre voyage en souriant

Gitane piquant son bébé avec une aiguille pour le faire pleurer et apitoyer la foule

Regards de désir, d'envie, de haine, regards qui ne voient rien

Affiches lacérées, parois souillées d'inscriptions, traces sauvages

Tout ce qu'on appelle dégradation d'édifices publics et sans quoi le métro ne serait que l'antichambre d'un tombeau climatisé

Trompette-signal à quoi réplique le claquement brusque des portières

Lutte muette et subtile pour les places à prendre

Au pas, au métro, au galop, obsession du retard et de la course

Mystères du métro, portes secrètes ouvrant sur les catacombes

Trappes invisibles communiquant avec la surface

Lignes stratégiques connues seulement des états-majors.

Les magasins Prénubil ont mis en vente un nouveau modèle de laisse de square de 12 à 15 mètres qui permet aux enfants (il y a également un modèle pour vieillards) de s'éloigner à bonne distance, de monter et descendre les toboggans, faire de la balançoire, jouer au sable et même nager dans une piscine sans échapper au contrôle de leurs gardiens. Ces laisses de type nouveau ont l'avantage d'être branchées sur un mini-circuit électrique autonome à piles commandable par manette, de la grosseur d'un boîtier de montre. C'est exactement le principe de l'auto téléguidée : à l'intérieur du collier est insérée une tige de métal qui affleure ici et là et transmet les décharges électriques sur la peau du sujet en cas d'insoumission. Ces décharges sont proportionnelles, on peut les doser de 3 à 10 volts pour les petits écarts, de 10 à 20 volts pour les plus mauvaises têtes. Prénubil commercialise également des attaches de soirée de 50 cm à 1,50 m pour enfants et animaux que l'on fixe à un poteau ou à un pied de table pendant les réceptions, ce qui évite les soucis de garderie et de baby-sitting. Une nouvelle loi concernant la juridiction familiale a été votée au Parlement : il est désormais interdit de gifler un bébé dans le ventre de sa mère et interdit de frapper un enfant en train de naître, le premier coup n'étant autorisé que dix minutes après l'accouchement. « Encore une concession aux Rouges », s'est écriée la presse d'extrême droite. « Bel exemple de libéralisme », ont dit les centristes. « Mesures insuffisantes », a répondu la gauche qui demande un délai supplémentaire de vingt minutes pour les nourrissons.

Encre-Bleue, qui a douze ans depuis deux mois, est entrée en cure de psychanalyse gratuite et obligatoire. Elle a deux ans pour résoudre son Œdipe.

On a abattu 400 arbres à Paris pour construire la radiale Astérix, on les replantera en polyéthylène dès la fin des travaux. La majorité juridique et pénale a été abaissée à quinze ans ; l'âge de raison a été ramené de sept à quatre ans, mais tous les écoliers sont invités à travailler avec la police : on leur promet un petit salaire s'ils donnent des renseignements ou des détails intéressants sur n'importe quelle personne de leur entourage, y compris leurs maîtres et maîtresses. On a relié Saint-Rémy-les-Chevreuse à Chatouillez-les-Halles, on a inauguré la branche qui, depuis la Garce du Nord, dessert la ville nouvelle de Morne-la-Vallée.

Un soir, Encre-Bleue et Tubulure firent avec le reste du groupe le pari qu'ils arriveraient avant eux Place d'Italique, en prenant la ligne 7 jusqu'à la Gare Céleste, la 4 jusqu'à Châtrez-Les, la 7 encore jusqu'à Place d'Italique. Ils avaient deux changements mais comptaient sur la grande vitesse du rapide Oreillons-Cligne-Encore pour rattraper ce détour. Ils se séparèrent des autres à 16 h 38, coururent dans les couloirs de la Gare Céleste pour prendre la correspondance, attrapèrent au vol la première rame, restèrent debout, coururent encore à Châtrez-Les sur le trottoir roulant, pour rejoindre Mairie-d'Ici-et-Là, doublèrent tous les piétons et faillirent s'envoler dans un courant d'air en raison de leur peu de poids.

« Cette fois, on peut s'asseoir, dit Encre-Bleue haletante, tandis que leur train démarrait dans le chuintement gommeux de ses roues caoutchoutées.

— Après tout, ça m'est égal de le perdre ce pari, dit Tubulure. La seule chose qui m'intéresse, c'est de changer de trajet.

— Moi aussi, dit Encre-Bleue en riant, mais on a fait si vite qu'on n'a rien vu.

— On va peut-être tomber sur Kikessessoi.

— Je ne suis pas sûr qu'on le reverra. Il y a tellement de clochards à dévisager! Surtout depuis qu'ils n'ont plus le droit de traîner dans les rues pendant la journée. »

Profitant de ce que personne ne faisait attention à lui, le train, qui avait quitté Sully-Mords-Les, s'immobilisa sous la Seine en plein milieu d'un tunnel. Et la halte se prolongeait.

« Cette fois, je crois qu'on a vraiment perdu, dit Tubulure. Ça fait cinq minutes qu'on ne bouge plus.

— Encore une grève! » dit une dame.

Et elle traduisit son impatience par ce vieux proverbe :

« Je t'expédierais tout ça à Moscou ou à Pékin...

— Ou La Havane, Dar-es-Salaam, Aden! rajouta un érudit en clignant du minois à l'adresse de la sus-nommée.

— De quoi j'me mêle? » fit celle-ci.

Ils en étaient là de leur séduction réciproque quand du joint caoutchouté d'une porte sortirent des volutes de fumée.

« Le feu ! s'écria aussitôt le quidam, avec un stupéfiant esprit d'à-propos.

— Qu'en savez-vous ? fit la dame.

— Je vois ce que je vois et je sens ce que je sens », répliqua l'interpellé, très fier de lui.

Un autre nuage s'échappait maintenant de la porte gauche et cela puait le caoutchouc brûlé : les exhalaisons s'épaississaient, prenant des teintes ocre et fauve.

« Il faut sortir tout de suite, sinon nous allons être étouffés », cria une voix.

Plusieurs adultes avaient saisi les poignées et tiraient de chaque côté, du plus fort qu'ils pouvaient : une porte céda enfin. Beaucoup plaquaient leurs mouchoirs contre leurs visages, les gaz s'infiltraient de partout, la visibilité s'atténuait d'instant en instant. Un adulte bien mis, et qui ressemblait à quelqu'un qu'ils connaissaient, avait pris la direction du sauvetage. Il ordonna aux enfants de sortir les premiers, de courir vers la droite le plus vite possible et de continuer jusqu'à Justes-Cieux pour prévenir le chef de gare. Et qu'ils se collent bien à la paroi pour ne pas être électrocutés par les rails.

Tubulure et Encre-Bleue ne se le firent pas dire deux fois, d'autant que le sinistre s'était propagé à l'ensemble du train avec une incroyable rapidité. Maintenant une énorme masse de fumée noirâtre obstruait le tunnel. Comme si le métro marchait avec une locomotive à vapeur, projetant sous les plafonds de courtes langues de feu. Ils n'avaient pas fait cent mètres que des cris leur parvinrent. Toute la rame était en flammes, et cet incendie illuminait les voûtes de scènes horribles : des torches vivantes sautaient sur la voie et s'écroulaient, carbonisées, dans des râles effrayants. Les passagers allaient et venaient, pris dans cette souricière, surpris par l'extrême vitesse du brasier, toussant, agonisant, étouffés. Ce fut, ajouté au crépitement des wagons qui se consumaient, une clameur atroce, qui, répercutée par des centaines de voix terrifiées, parut soudain grandir, s'enfler, déchaîner un vacarme affreux, un frisson d'épouvante qui roulait, grondait, rebondissait.

« Dépêche-toi, suppliait Tubulure, dépêche-toi. »

Et il commença à pleurer. L'espace de marche était étroit : il y avait des pierres partout, qui risquaient de les faire trébucher. Ils devaient se hâter, les gaz issus du feu les talonnaient et le moindre souffle de carbone pouvait les abattre. De toute façon, ils ne devaient plus être très loin de Jus-de-Vicieux , et ils ne tarderaient pas à rencontrer un autre métro. Mais Encre-Bleue, qui s'appuyait bien au mur de la main gauche, selon les recommandations de leur sauveteur, perdit soudain l'équilibre et bascula dans une petite trappe qui venait de s'ouvrir sous sa poussée.

« Tubulure, attends-moi, ne me laisse pas ! cria-t-elle.

— Où es-tu tombée ?

— Je ne sais pas, je ne vois rien : ça ne doit pas être très profond, je me suis juste un peu écorché le coude et les mains.

— Comment se fait-il que cette trappe ne se soit pas ouverte sous mon poids ? Peu importe, lève-toi vite, je vais t'aider à remonter.

— Mais la paroi est toute lisse, il n'y a rien pour grimper !

— Essaie quand même, je m'allonge à plat ventre et je laisse pendre ma main dans le trou. »

Encre-Bleue s'était dressée de toute sa hauteur, tendant les bras au maximum à la verticale, mais il s'en fallait d'un bon mètre qu'elle ne touchât l'extrémité des doigts de Tubulure.

« Tu ne peux pas descendre plus bas, chuchota-t-elle, essoufflée.

— Impossible, sinon je vais tomber à mon tour.

— Je ne peux pas remonter, je t'en supplie, ne me laisse pas crever ici, je veux partir ! »

Et tout son petit corps tremblait de peur.

« Une drôle d'odeur, Encre-Bleue, je sens une drôle d'odeur, et j'ai mal à la tête, je ne peux plus me relever.

— Ce sont les gaz, Tubulure, laisse-toi tomber, viens me rejoindre, au moins ici nous serons à l'abri, viens, tout ça c'est de ma faute, j'amortirai ta chute. »

Le garçon se sentait pris de vertiges. Ces quelques minutes d'arrêt leur avaient été fatales : il ne pouvait plus reculer. Il se mit à tousser, il avait du mal à respirer, sa vue se brouillait ; il fit un suprême effort pour avancer, passa d'abord la tête, puis les épaules et le torse, et, d'une dernière poussée des talons, se laissa couler tête la première dans le trou. Encre-Bleue le cueillit dans ses bras, et ils s'affalèrent tous deux sur un tas de sable humide qui tapissait le fond de cette anfractuosité. C'était une sorte de crypte hexagonale, creusée sous les voies, et qui avait dû servir autrefois de remise à outils. L'endroit était désaffecté. Les escaliers d'accès s'étaient effondrés, le bois de la porte lui-même était pourri, ce qui expliquait qu'elle ait cédé si facilement sous la pression d'Encre-Bleue. Seul un jour faible venant d'un soupirail éclairait ce réduit et distribuait une lumière parcimonieuse sur les objets. Les murs suintants d'humidité étaient couverts de mousse, une odeur nauséabonde montait du sol ; le tunnel devait recevoir les infiltrations d'un grand collecteur tout proche.

« Tu ne t'es pas fait mal, Tubulure ?

— Non, ça va, je suis tombé sur toi. Ici, ça pue mais au moins c'est vivable.

— Je pense que ça ne durera pas : même si les gaz de l'incendie pénètrent un peu plus tard, ils descendront de toute façon, et nous serons pris au piège. Il faut trouver une sortie.

— Mais on ne voit rien, tout le fond de ce trou est noir.

— Tant pis : on va tâter avec nos mains. Courage, petite bulle, nous allons nous en tirer, allez, courage. Je sens comme un courant d'air qui vient de là-bas : il doit y avoir une cavité. »

Ils avancèrent à tâtons dans les ténèbres, posant précautionneusement un pas devant l'autre, sondant la pierre qui s'effritait sous leurs doigts tant les eaux l'avaient ravinée, se repérant au souffle qui leur fouettait le visage. Mais à leur hauteur il n'y avait rien. Au-dessus, ils ne pouvaient guère chercher, en raison de leur petitesse. Alors Encre-Bleue s'agenouilla et, pataugeant dans une espèce de mare, sonda le long du sol : là, à dix centimètres, il y avait une bouche d'aération de la largeur d'un vasistas protégée par un grillage.

« J'ai trouvé, Tubulure, viens m'aider, c'est ici. »

Heureusement pour eux, le treillis de fer qui commandait cet orifice était vermoulu et s'arracha à la première tentative. Il dominait une espèce de long boyau étroit qui descendait en pente douce vers l'intérieur de la terre.

« C'est juste notre taille, dit Encre-Bleue, on a de la chance.

— On va marcher à quatre pattes. Je passe devant. »

Alors, sur les mains et les genoux, pataugeant dans une boue puante, ils s'enfoncèrent lentement dans cette voie : plusieurs fois, la fétidité marécageuse du fond leur souleva le cœur jusqu'à la nausée, mais ils s'obstinaient. Des gouttes d'un liquide indéfinissable leur coulaient sur le visage et détrempaient leur cheveux. Au-dessus d'eux ou à côté, ils entendaient des bruits de cours d'eau, des clapotements de rivières. Encre-Bleue se dit qu'ils devaient être environnés par plusieurs niveaux d'égouts. Pourtant, le cloaque dans lequel ils plongeaient semblait ne communiquer avec rien : maintenant que leurs yeux s'étaient habitués à ce jour de cave, ils ne voyaient devant eux qu'une ligne plus ou moins droite, sans bifurcation ni embranchement. Où allaient-ils déboucher ?

Plusieurs heures durant, pareils à des lapins dans leur terrier, ils progressèrent, accroupis, dans ce tube de pierre qui était d'une longueur interminable. Chacun d'eux maudissait en silence le stupide pari qui les avait amenés jusque-là et, en les détournant du chemin habituel, les avait conduits dans cette souricière. Que n'auraient-ils pas donné pour s'ennuyer tranquillement dans une salle de classe ! Tout, fût-ce le plus monotone des après-midi dominicaux, leur semblait préférable à leur situation. Une peur continue leur nouait le ventre.

Enfin le boyau s'élargit, et ils se trouvèrent insensiblement baignés d'une clarté grisâtre qui semblait filtrer depuis le plafond. Bientôt, ils purent marcher à croupetons, puis se redresser complètement.

Ils étaient si affaiblis qu'ils parvenaient à peine à mettre un pied devant l'autre. Encre-Bleue s'approcha de Tubulure, posa sa tête sur son épaule et sentit qu'il tremblait.

« Il ne faut pas nous arrêter, murmura-t-elle, sinon nous allons mourir de froid. Viens, réchauffe-toi, donne-moi la main. »

Le garçon se laissait faire comme un automate. Elle reprit :

« Après tout, nous sommes perdus, mais nous n'avons pas été asphyxiés. Et puis cette galerie s'agrandit à chaque pas, nous allons certainement arriver quelque part.

— Petite Encre, je t'aime », dit Tubulure.

Il la serra contre lui et l'embrassa sur le nez.

Ils repartirent avec précaution dans ce méandre ténébreux, les pieds toujours glissant dans la fange. La pente s'était arrêtée, et ils avaient même l'impression de remonter légèrement. A mesure qu'ils avançaient, et par l'effet d'un mécanisme incompréhensible, la voûte du couloir s'éclairait d'une lueur de plus en plus douce, assez vive pour leur permettre de distinguer l'endroit où ils étaient. C'était un ouvrage de maçonnerie en demi-cercle aux murailles parsemées de moisissure. Des stalactites de calcaire, d'où gouttait un mince filet d'eau, pendaient des cintres, semblables à de longs nez de pierre perpétuellement enrhumés. La paroi, poreuse à certains endroits, présentait de petites ampoules arrondies : des cristaux de quartz ornés de limpides gouttes de verre, et suspendus à la voûte comme des lustres, semblaient s'allumer à leur passage. On eût dit que les génies du gouffre illuminaient leur palais pour recevoir les hôtes de la terre. Ils n'entendaient plus le vacarme de ce qu'ils croyaient être des égouts, et seul leur parvenait, atténué par des mètres et des mètres de terre, le lointain grondement d'une cascade.

La déclivité reprit. Descendant toujours, ils se trouvèrent à un carrefour où se croisaient d'autres couloirs. Ils se gardèrent bien de céder à la tentation d'obliquer à droite ou à gauche et, pour ne pas s'égarer dans ce labyrinthe, ils décidèrent de marcher toujours en ligne droite. Ils allèrent encore longtemps jusqu'au moment où ils débouchèrent sur une rivière qui leur barrait le passage. Ils se préparaient à l'enjamber quand ils s'aperçurent que son eau exhalait une épaisse vapeur. Encre-Bleue y trempa la main : l'eau était brûlante.

« Une source chaude ! Je n'ai jamais entendu parler de ça dans le métro !

— Ça alimente peut-être les robinets d'un bain-douche souterrain, fit Tubulure.

— Ecoute, dit Encre-Bleue, si c'est exact, il nous faut suivre ce cours d'eau : il va certainement quelque part où il nous sera possible de rejoindre la surface. »

Ils tombèrent d'accord et ils tournèrent à gauche dans le sens du ruisseau. Chemin faisant, le courant se mêlait à l'eau claire d'une petite source qui continuait à l'attiédir quelque peu. Ils allaient le cœur lourd, sans parler, conscients que trois ou quatre cents mètres de terre pesaient au-dessus de leurs têtes. Après quelques kilomètres de descente en pente douce, le courant entrait dans une grotte d'où il semblait ne pas ressortir. C'est alors qu'ils entendirent comme les premiers échos d'un battement. C'était à la fois régulier et légèrement discordant, martelant sourdement les têtes.

« Ce sont des travaux, dit Encre-Bleue. Certainement un marteau piqueur ou un tasseur de gravier.

— Tu crois qu'il y aurait des gens derrière ce mur ? »

Une espérance folle les incita à pénétrer dans la grotte dont l'accès était facilité par des pierres semées dans la rivière. En un instant, toutes leurs craintes, toutes leurs angoisses s'étaient évanouies : ils n'étaient plus égarés dans les sous-sols du Politain, l'air n'était plus comprimé, les bourdonnements d'oreille avaient cessé, ils respiraient librement.

Tubulure reprit la main d'Encre-Bleue et, s'engageant sous la voûte en se courbant, ils avancèrent de quelques pas, d'abord dans l'obscurité, puis au milieu d'une faible lumière pareille à celle d'un clair de lune. Graduellement, les sons perçus tout à l'heure leur arrivaient de plus en plus forts, et il était certain que l'objet qui les produisait était tout proche. La caverne était assez haute et se terminait par un renfoncement arrondi d'où émanait la lueur lunaire. Ils savaient maintenant qu'il n'y avait pas un seul être humain à la ronde, et que cet énorme vacarme semblable à un gong provenait ou d'un torrent contrarié, ou d'un mécanisme inconnu enfoui dans les entrailles de Paris. Cependant, ils continuaient leur approche et regardaient comme on regarde dans la semi-obscurité, tâchant d'accommoder leurs yeux à la pénombre. Tout d'abord, ils ne virent qu'un amas de choses confuses : une espèce de masse imposante, toute en creux et en monticules, hérissée de fils et de tubes.

Mais, tout à coup, la lueur intérieure grandit et perça la brume opaque dans laquelle ils évoluaient. Dans leurs plus folles, leurs plus téméraires suppositions d'enfants, ils n'auraient jamais imaginé pareille chose... et c'était pourtant la plus simple des choses.

Devant eux se dressait un gigantesque muscle palpitant d'au moins dix mètres de haut, où convergeaient, à droite et à gauche, une multitude de forts tuyaux, certains de la grosseur d'une cheminée de locomotive. Et ce monstrueux organe n'était rien d'autre, comme l'indiquait une plaque d'émail à demi effacée clouée sur la muraille, n'était devinez qui, devinez quoi, rien d'autre que le cœur de Paris !

Ils le reconnurent immédiatement, car ils avaient précisément appris le système cardiaque en Sciences naturelles, le mois précédent.

On apercevait distinctement les différents orifices auriculo-ventriculaires, les oreillettes, les valvules, le réseau complexe des artères et des veines, les renflements, les circonvolutions qui faisaient ressembler ce cœur à quelque Bouddha renversé et sans tête.

Ce muscle géant baignait dans un liquide phosphorescent : on le voyait battre et bondir selon ses contractions propres, un bruit long, un intervalle très court, un dernier bruit clair, un silence : à chaque révolution cardiaque, le sang neuf se propageait dans toutes les veines : il semblait même qu'une tiède chaleur émanait de l'épais rempart de chair et de muqueuses qui le recouvrait.

Il était là, sanguinolent, visqueux, boursouflé, relié de toutes parts, recevant et donnant, fantastique machine d'épuration enterrée à des centaines et des centaines de mètres sous Paris, et le ruisseau d'eau chaude qui avait guidé les enfants jusqu'à lui n'avait d'autre fonction, ils le comprirent alors, que de garder la niche qui l'abritait à la température du corps humain.

Les enfants étaient stupéfaits. Ils se demandèrent s'ils n'étaient pas le jouet d'une diabolique hallucination. Ainsi, ce dont chacun parlait en riant, cette métaphore passée à l'état de proverbe, existait bel et bien, défiait toutes les hypothèses normales : mais qui donc avait édifié le cœur de Paris? Avait-il été descendu là par des hommes, était-il le produit, la sécrétion pour ainsi dire naturelle de plusieurs siècles de rues, d'asphalte et d'habitations? Depuis combien de temps battait-il? Comment pouvait-il animer depuis cette profondeur l'extraordinaire vie de la capitale? Evidemment, personne ne répondit à toutes ces questions. Les enfants pouvaient seulement se représenter l'existence de cet être multiple immergé dans le caveau qu'il s'était lui-même façonné, suivant les désirs de la cité, attentif à l'existence de ses habitants, modifiant son rythme selon les mutations de la surface et peut-être méditant ou réalisant, en ce moment même, quelque monumental bouleversement de la métropole.

Ecrasés d'une horreur, d'une admiration sans nom, ils restaient là, hébétés, hypnotisés par le prodigieux spectacle, oubliant du même coup faim, peur et soif. Enfin, ils s'arrachèrent à ce vertige et se rapprochèrent du cœur : quatre veines cylindriques disposées selon les quatre points cardinaux semblaient l'alimenter. Sur chacune d'elles était peint en grosses lettres fluorescentes : *Jardin du Luxembourg, Jardin des Buttes-Chaumont, Parc Montsouris, Parc Monceau*. C'est ainsi que l'organe s'oxygénait : en puisant la chlorophylle dans les principaux espaces verts de la capitale, et ses artères constituaient ses propres canaux d'irrigation.

Pourtant, en regardant mieux, il leur sembla que les veines intitulées *Jardin du Luxembourg* et *Parc Monceau* charriaient un sang trouble. Tubulure voulut en avoir le cœur net. Il proposa à Encre-Bleue d'escalader la machine vivante : en effet, ce fabuleux morceau de chair était pourvu de petits replis membraneux semi-lunaires, qui formaient des appuis idéaux pour les mains et les pieds. Ils commencèrent l'escalade en prenant soin de n'être pas renversés par le battement, profitant des périodes de relâchement entre systole et diastole pour monter, se tenant fermement à la paroi à chaque pulsation. En outre, ils s'aidaient, pour monter, des colonnes charnues qui présentent des saillies à la surface des ventricules, et d'où pendent comme des lianes de petits cordages tendineux. Arrivés au milieu, ils purent constater que la tunique musculaire était sale ; le myocarde était souillé de traces brunâtres. L'enveloppe fibroséreuse était même par endroits effilochée, comme si une main criminelle avait tenté de l'arracher, de l'éplucher. Pour tout dire, ce cœur leur parut bien barbouillé. Encre-Bleue, qui progressait par la face ouest et qui venait de s'asseoir sur l'artère coronaire gauche, appela Tubulure et lui montra la valvule : au lieu de claquer régulièrement, elle battait comme une porte mal fermée ; en s'approchant, ils virent qu'elle avait été sciée de moitié. Ainsi, ce portillon qui empêche le sang de refluer du ventricule dans l'oreillette ne fonctionnait-il plus, et le muscle allait souffrir d'ici peu d'insuffisance mitrale. De plus, tout le réseau tubulaire qui le reliait à l'extérieur avait été lui aussi manipulé : les anciennes veines distributrices avaient été bétonnées, des flexibles de raccordements ajoutés aux vaisseaux sanguins arrachés ou détournés (on le remarquait aux soudures récentes pratiquées aux jointures) ; bref, ce n'était plus du sang que recevait le cœur de Paris, mais l'eau infecte des égouts. On avait fait communiquer l'aorte avec un grand collecteur par un flexible grossièrement soudé, et la circulation qui, en temps habituel, n'a lieu que dans un sens, fluait et refluait en désordre dans toutes les parties de cet appareil babélique. De part et d'autre des cavités, suintait un liquide puant auquel se mêlaient des déjections diverses, boîtes de yaourt, capsules, épluchures, flacons de détergents, détritus culinaires, et même une bouteille en plastique remplie de boue verdâtre. Tout indiquait la déchéance, la désagrégation : les oreillettes étaient couvertes de poils animés, les fibres musculaires voilées par des mètres de toiles d'araignées. Il ne fallait pas être très savant en médecine pour comprendre que ce viscère colossal, fruit de millénaires d'équilibre, allait être frappé d'infarctus, de cardialgie, de dyspnée, de péricardite et de cyanose, et s'atrophier.

« Qui a pu faire ça ? demanda Encre-Bleue.

— Oui, *qui* a intérêt à la mort de Paris ? Quand on frappe au cœur, c'est toute la ville qui dépérit. »

Juchés sur leur perchoir, ils passèrent ainsi de longs moments, absorbés dans une réflexion profonde, mais d'autant plus vaine qu'elle butait toujours sur le même mystère. C'est qu'ils l'aimaient ce gros paquet de chair palpitante qui régissait leur existence citadine, ils avaient pour lui une admiration éperdue, ils auraient passé des jours entiers à le nettoyer, à le briquer, à astiquer ses pompes et ses tuyaux. Ils l'aimaient aussi pour son calme énigmatique, loin de tout le clinquant et l'anonymat de la surface. Ils l'imaginaient s'étiolant, agonisant, empoisonné par les miasmes et les déchets fétides, sous des mètres cubes de terre, comme le cerveau d'un vieillard qui retombe en enfance. Et ce meurtre sans nom s'accomplissait en toute impunité, sans que nul ne soit prévenu ! Il était hors de question, évidemment, d'avertir la police, les autorités scolaires ou la famille. Personne ne les aurait crus. Un seul individu pouvait les aider : Kikessessoi. Il fallait le retrouver, le mettre au courant de l'horrible forfait qui se tramait ici-bas. Leur décision était prise.

Tout en haut, vers le point d'où venait la clarté, on distinguait une espèce de trou noir dans le plafond de la caverne. Un nœud charnu de veines et de replis y conduisait, qui rendait l'ascension aussi aisée que s'il se fût agi d'un escalier ou d'une échelle, surtout qu'à cette hauteur l'amplitude des contractions cardiaques était moins forte. Encre-Bleue, première de cordée, étreignant les superstructures du cœur, se glissa dans la trappe comme une couleuvre et s'y enfonça. Tubulure la rejoignit peu après.

Ils se trouvaient dans une sorte de cheminée très étroite qui servait de lieu de passage à un faisceau d'artères : la lumière qu'elle diffusait dans la cage cardiaque provenait de millions de lucioles accrochées sur ses parois, qui scintillaient en permanence. Pour sortir, ou du moins pour remonter, il suffisait de suivre ces canalisations insolites.

Les enfants étaient transis, affamés, mais la perspective de se rapprocher d'un lieu peuplé d'êtres humains les galvanisait si fort qu'ils ne sentaient plus les obstacles. Après un temps indéfinissable, le conduit qu'ils chevauchaient bifurqua dans un trou réduit à sa taille, mais une autre galerie plus vaste s'ouvrit sur la droite. Ils la remontèrent courbés en deux sur quelques centaines de mètres ; à un coude, cette même galerie divergeait en une multitude de ramifications de volume égal. Pour se départager, ils s'engagèrent dans une voie fléchée de petits losanges noirs et blancs marqués E M2. Bien leur en prit : cette branche se terminait par une porte qui s'ouvrit facilement ; derrière la porte, une volée d'escaliers très raides les mena jusqu'à une sorte de crypte où tremblait une indécise lumière de cierges. Etaient-ils dans une église ? Une chapelle ? L'obscurité était profonde, mais un reflet métallique courant le long du sol leur fit comprendre leur erreur : ce qui luisait ainsi par terre n'était autre qu'un double rail de métal que prolongeait la courbe d'une voie. Ils avaient pris pour des bougies la guirlande de lumignons accrochés au flanc des tunnels. Le métro ! Sauvés ! Ils avaient retrouvé le métro !

Epuisés, essoufflés, ils s'assirent sur la partie extérieure du ballast. Tubulure, que toutes ces épreuves avaient brisé, se serra contre Encre-Bleue et se mit à pleurer à gros sanglots sur son épaule. Elle-même ne put contenir ses larmes et, dans l'ombre hostile et chaude du royaume des Voûtes, ils épanchèrent jusqu'à satiété leurs chagrins.

Hélas ! ils n'étaient pas au bout de leurs difficultés. Chose étrange, il n'y avait pas un bruit. Le tunnel ne résonnait pas de cette vibration qui annonce le passage imminent d'une rame ou la proximité d'une foule bavarde. Ils prirent à droite et, après quelques enjambées, ils arrivèrent dans une gare. Lugubre réception ! Les quais étaient vides, les lumières éteintes, à l'exception de quelques veilleuses qui versaient un jour grêle et blafard. C'était donc la nuit, le métro était fermé, il y avait plus de huit heures qu'ils étaient perdus puisqu'ils avaient quitté la bande à seize heures trente.

Encre-Bleue grimpa sur un banc, se haussa sur la pointe des pieds et lut à voix haute : O-PE-RA. Des voyous avaient écrit au-dessous, au feutre : *Au pet de rat*. Ainsi, dans leur dérive, ils avaient remonté vers le nord de Paris, passé, sans s'en rendre compte, Discorde, Louve, Père-Humide, sous les fondations desquels devait se trouver le cœur de la capitale. Mais cette découverte ne leur apporta rien sur le moment : ils étaient fatigués et, qui plus est, découragés. D'instant en instant, leur faiblesse devenait plus grande, plus douloureuse : faiblesse de corps, faiblesse d'esprit. Ils n'avaient même pas goûté à quatre heures, et l'extrême effort qu'ils avaient dû fournir était venu à bout de leurs forces. Plus terrible encore, ils n'avaient respiré qu'un air comprimé, impur, qui avait largement contribué à les affaiblir.

« Les distributeurs de bonbons ! s'écria soudain Encre-Bleue.

— Eh bien ?

— J'ai de la monnaie sur moi, nous allons chercher des chewing-gums, des pastilles, ça nous soutiendra jusqu'à demain matin. »

Mais la pièce d'un franc qu'elle introduisit retomba immédiatement avec un cliquetis : les appareils étaient fermés. Alors, sans hésiter, Tubulure se déchaussa et cassa la vitre avec le talon de son soulier. Ils se ruèrent sur les friandises et les raflèrent toutes. Mais, au lieu des sucreries tant espérées, il n'y avait à l'intérieur des boîtes colorées que de petits sachets de papier, pleins d'une poudre blanche au goût étrange. Soudain, ils entendirent des pas : on venait. Par un réflexe instinctif, et peut-être aussi parce qu'ils venaient de briser un distributeur, ils se cachèrent sous les bancs du quai. Les pas se rapprochaient, précédés par un faisceau lumineux : deux formes émergèrent de la nuit.

« C'est ici : j'ai fait ça à une heure trente. Tu comprends, j'étais le dernier à être de service.

— Tu es sûr que personne ne t'a vu planquer la came ?

— T'inquiète pas, ils sont tous occupés à déblayer la voie à Sully-De-Mort-Lente après l'accident de cet après-midi.

— C'est bon, braque la lampe sur les distributeurs, je vais ramasser la marchandise.

— Nom de nom, Bob, regarde ! La vitre est cassée ! L'appareil est vide !

— C'est pas possible, tu déconnes ! Dis, tu sais combien y en avait là-dedans ?... Tout a été nettoyé, ratissé.

— Ecoute, il n'y a personne la nuit ici, ils ne doivent pas être bien loin.

— Qui ça, *ils* ?

— Ben, ceux qu'ont fait le coup.

— Le coup ? Connard ! Tu crois qu'on va s'amuser à fouiller toute la station au risque de tomber sur un train de travaux ou une patrouille d'ouvriers de nuit ?

— Mais j'te dis, Bob, c'est impossible, personne n'a pu me voir.

— A moins qu't'ais manigancé le coup toi-même, dit le Bob en question dont la voix se faisait agressive.

— Tu es fou, complètement fou! Comment tu peux imaginer ça, je suis resté avec toi depuis tout à l'heure!

— Tu as peut-être un complice, Jeff. Allez, les mains en l'air, saloperie, et recule un peu! Quand je pense que c'était de la pure et qu'on a même pas eu le temps de la couper avec du bicarbonate!

— Mais t'es dingue, Bob, merde, je suis ton pote, je te jure que je comprends pas plus que toi!

— Fais pas l'imbécile. J'ai tout compris : cinq briques de bourrin dans la poche, rien que pour toi, sans partager avec les potes, y a de quoi faire rêver n'importe quel employé du réseau...

— Je te jure...

— J'aurais dû y penser. Quand on gagne péniblement 2 500 balles par mois la tentation est trop forte.

— Mais arrête, bon sang, écoute-moi un peu!

— Ta gueule, tu t'expliqueras avec le louchébem.

— Qui ça?

— Le directeur de la S.A.C.E.M., si tu préfères, de la Société d'Agression de Casse et d'Etripage du Métropolitain. C'est lui qui tient les sept grandes gares de Paris, rien ne lui échappe, il prélève même les manchards et les musiciens à la sauvette ; c'est pour lui qu'on travaille, tous les deux, et le louchébem, il a horreur qu'on lui pique sa marchandise, horreur de ça...

— Ecoute-moi, Bob...

— Avance et boucle-la, pas de faux pas sinon je tire, on nous attend à la sortie rue Auber. »

Le pinceau de la lampe balaya un escalier.

Les pas décrurent peu à peu. Quand la station fut rendue à elle-même, à sa torpeur de grosse bête tapie sous l'ombre de ses voûtes, Tubulure et Encre-Bleue sortirent de leurs cachettes et s'empressèrent de reconsidérer les petits sachets de poudre blanche.

« Keksétaidonkesetrukkétépadubonbonniduchouimgomeékivalétandesou ? »

Encre-Bleue se pencha et renifla : un tourbillon de poudre remuée par l'expiration de ses narines s'engouffra dans son nez ; elle toussa, éternua, mais il semblait qu'un peu de cette neige était resté fixé dans ses cloisons nasales.

« Que tu es maladroite, fit Tubulure. Attends, moi je vais te dire ce que c'est. »

Il renifla à son tour. Mais, pour lui faire une farce, Encre-Bleue lui poussa la tête dans la poussière blanche ; il lâcha le paquet, toussa, cracha, jura, pesta, il en avait plein la bouche, et le nez était blanc comme un pierrot.

« C'que t'es conne avec tes farces idiotes !

— Comme ça on est à égalité ! cria Encre-Bleue qui s'était éloignée de quelques mètres en rigolant.

— Ça a pas de goût, finit-il par dire, mais c'est curieux, ça me fait tout froid aux lèvres et aux gencives, comme chez le dentiste quand il me fait une piqûre.

— C'est peut-être du hakike ?

— Non, le hakike, c'est solide, j'en ai vu dans une épicerie.

— Alors c'est un médicament ? »

Il n'en savait rien, le godelureau ; elle, en tout cas, se sentait mieux. Elle n'avait plus faim et, malgré leur formidable équipée de ces dernières heures, toute fatigue l'avait quittée.

« Si on avait nos patins à roulettes, on pourrait faire une partie démente sur ces quais ! »

Tubulure, lui aussi, s'était mis à courir : il ne lui avait gardé aucune rancune de son geste et dansait, gesticulait sur la plate-forme, montait sur les bancs, tout à la joie d'avoir une station pour lui seul. Qu'est-ce qui les avait mis de si bonne humeur ? Ils ne se le demandaient plus maintenant, se contentant de jouir de leur bonheur, pleins d'une énergie concentrée qui les poussait à mille folies. Et le triste morceau de béton orthopédique sur lequel ils évoluaient devenait piste d'envol, champ de courses, prairie illimitée. Insouciante du bruit qui pouvait les signaler, Encre-Bleue hurlait, criait à tue-tête, rugissait, écoutant avec délices l'écho de ses clameurs se répercuter dans l'immensité sépulcrale de la station. Sous l'effet de cette poudre prisée involontairement, il leur parut que les interdictions, les avis, les panneaux indicateurs, les fléchages, les affiches publicitaires, les photos, toute la typographie des gares métropolitaines, se multipliaient, se déformaient, proliféraient, les parois de l'Opéra elles-mêmes se gondolaient, avançaient, reculaient, c'était comme un cauchemar après une indigestion de crème fraîche, mais un cauchemar loufoque, sans gravité ni tragique. Et cette nuit-là, les extraits du règlement apposés dans chaque station par la R.A.T.P., poussés jusqu'au bout de leur logique, disaient des choses étrangement scrupuleuses et insensées. Les enfants lisaient par exemple :

Exploitation, sûreté, police des chemins de fer
Sans intérêt local, régional ou national
Il est défendu de mordre ou de sucer la queue du train
D'éblouir la motrice de tête avec une lampe de poche ou un dispositif de réflection de rayons solaires
D'uriner sur les roues des wagons quand le train est à l'arrêt
Il est interdit de retenir le dernier wagon par son anse quand le train démarre
Il est interdit de descendre d'un train avant d'y être monté.
Ne pas freiner le métro en mettant ses pieds dehors
Défense de mourir entre deux stations
Toute condamnation dans le réseau ferré sera suivie d'un jugement
A partir de cette limite votre billet n'est plus valable. Avalez-le !
Défense de boucher les tunnels avec des boulettes de papier ou de la mie de pain.
Les objets perdus peuvent être retirés au bureau des objets trouvés, rue des Durillons. Les biens non réclamés après quinze jours de gardiennage sont à nouveau égarés dans Paris par les services d'égarement des épaves.
Les places assises sont réservées en priorité aux personnes assises
Ne pas transformer les voitures en autobus ou boîtes de conserve

Prière de coller son nez à la vitre dans les emplacements prévus à cet effet
Les banquettes n'ont pas le droit de se replier pour dormir pendant le service

« Je vous préviens tout de suite, dit-il à voix haute, je vous préviens que la saucisse est la fiancée du saucisson. Qu'il n'y ait pas de méprise à ce sujet. »

Les deux enfants pivotèrent sur eux-mêmes, surpris : ils ne l'avaient pas entendu venir. Il était de haute stature, avait le crâne lisse comme une pièce de monnaie, s'agitait comme s'il avait été entouré d'une nuée de moustiques, et portait sur le côté une vaste musette d'où sortaient des paires de ciseaux, des rasoirs, des blaireaux. Ayant parlé, il eut un geste théâtral, se ramassa sur lui-même, prit son élan et, d'un bond magnifique, sauta par-dessus les voies jusqu'à leur quai. Ils reculèrent, effrayés, se serrant l'un contre l'autre, certains d'être en présence d'un spectre ou d'un géant.

« Mézenfin, mes enfants, je me présente : Barnabé, cireur, couvreur, coiffeur. Ancien employé de Prénubil. Licencié après quinze ans de loyaux sévices. Toi mon garçon — car je suppose que tu es un garçon, n'est-ce pas ? — assieds-toi : je vais te raser la tête. On ne se promène pas sous les murs lisses et polis du métro avec une telle toison. Il faut harmoniser : ou des tunnels chevelus ou des crânes dégarnis. Quand la R.A.T.P. aura trouvé une lotion capillaire capable de faire pousser des cheveux aux stations, on ne rasera plus les voyageurs. En attendant, je dois couper. »

Il prit Tubulure dans ses bras, le posa sur le banc et sortit de sa musette peigne et ciseaux.

« Une devinette, d'abord : quelle est la distance de A à Z ? »

Tubulure et Encre-Bleue se regardèrent avec de grands yeux. Encre-Bleue, exprimant leur sentiment commun, porta son doigt sur sa tempe et le fit tourner plusieurs fois sur lui-même.

« Bien sûr, vous n'êtes pas obligés de répondre. Il faut bien admettre que le dialogue coiffeur-client se réduit le plus souvent à un double monologue. Tenez M. Cric était chauve...

— Je ne veux pas de votre coupe de cheveux, monsieur, dit Tubu.

— Ecoutez, cher moutard, il y a des règlements, cela s'appelle l'esthétique industrielle. Ou alors c'est l'amende : donnez-moi dix-sept carreaux de faïence blanche. C'est ainsi que la Compagnie monte son ménage. Vous n'avez pas les moyens de payer, n'est-ce pas? Oh! rassurez-vous : je fais bien mon métier. Je ne suis pas de ces barbiers distraits qui rasent sourcils, aisselles, cils, barbe, oreilles, et oublient l'essentiel. Bon, je vais d'abord vous mouiller la tignasse. »

Il empoigna Tubulure, le conduisit sous un robinet qu'il ouvrit en grand et lui mit la tête dessous.

« Vous me faites mal, c'est glacial !

— Quelle est la règle d'or du coiffeur bien élevé? A chaque question, répondre d'abord : « Je vous en plie! » Je continue mon histoire pendant votre shampooing. M. Cric était chauve : il apprend par une petite annonce que les crottes de pigeon fraîches font repousser les cheveux. Il achète dix pigeons qu'il pose sur sa tête et qui lui fientent dessus en permanence. Un autre message lui révèle la plus grande efficacité des crottes de bique pour accélérer la repousse. Il achète trois chèvres qu'il installe sur son chef et qui lui crottedebiquent dessus en permanence. Un troisième message lui souffle les vertus bien supérieures des déjections de l'âne. Il en prend deux qu'il installe sur lui. Il se déplace avec difficulté.

— Lâchez-moi, dit Tubu, qui sous le jet se débattait.

— Laissez-moi vous imbiber, encore un peu. Un quatrième message lui suggère les effets miraculeux de la bouse de vache. Voilà notre Cric avec deux vaches sur la tête. Mais il n'a plus d'équilibre : c'est à peine s'il peut faire un pas. C'est alors qu'il reçoit un cinquième message qui lui fait miroiter les puissances extraordinaires de l'excrément d'hippopotame. Immédiatement, il se débarrasse des ruminants, file au zoo, achète deux mammifères qu'il fait hisser à l'aide d'une grue sur son beau crâne déjà souillé de mille ordures, et que croyez-vous qu'il arriva ?

— Je m'en fous, laissez-moi tranquille !

— Eh bien, sous le poids des bêtes, il s'enfonça dans le sol. Et quand il fut fiché dans la terre jusqu'au sommet, les hippopotames retournèrent tranquillement dans leurs cages. Et devinez l'heure qu'il était quand tout ceci se passa ?

— Monsieur, cria Encre-Bleue en s'accrochant au bras du figaro, je vous en prie, laissez mon ami !

— Pas avant que je l'aie nettoyé, mademoiselle. Il faut être impeccable ici-bas.

— Mais nous n'habitons pas ici, nous avons été enfermés par erreur !

— Ecoutez, mon temps est précieux, je vous propose plusieurs formules, choisissez vite. Ou je vous coupe les cheveux, et je les mets dans une boîte que je vous rends à la sortie. Ou je vous shampouine le crâne avec vigueur, le rince bien et de toutes mes forces vous scalpe de ma faucille. Voici mes instruments : la faucille et le marteau. Celle-ci pour couper les mauvaises herbes ; avec celui-là, je plante les cheveux neufs.

— Mais, monsieur, vous ne comprenez pas : nous ne voulons pas aller chez le coiffeur...

— Vous avez raison. Il y a une solution plus simple : je vais vous couper la tête, je l'emmène chez moi et vous la renvoie dans une quinzaine, bien coiffée, bien peignée. Tenez, j'ai là ma petite guillotine de poche. Mademoiselle, si vous voulez bien tenir votre ami...

— Lâchez-le donc, sale barjot ! » cria Encre-Bleue.

Et elle le battait de ses petits poings tandis que Tubu essayait d'échapper à la poigne de son adversaire.

« Vous avez encore raison, mademoiselle ; ma foi, ce garçon est bien trop remuant pour mériter la guillotine. Ma foi, je vais le décapiter. »

Et, de sa main libre, il prit dans sa musette un grand

sabre pliant qu'il leva au-dessus de la tête de Tubu. Il avait envoyé Encre-Bleue rouler sur le quai d'un coup de pied, et s'apprêtait à le frapper à la nuque quand un ordre sec retentit :

« Arrête, Barnabé ! Au nom de tous les enfers, arrête ! »

Qui avait élevé la voix ? Qui avait assez de puissance pour stopper net le geste d'un fou ? Le trio s'était retourné d'un bloc : un personnage à la mine sévère, tout vêtu de blanc ainsi qu'un docteur, les yeux chaussés de lunettes, se tenait debout sur une draisine à bras stationnée contre le quai. Immédiatement, le coiffeur, qui présentait tous les signes de la peur, replia son sabre et rangea son attirail. Le fauve s'inclinait devant le sage, la force cédait à la raison.

« Tu sais, Barnabé, que tu n'as plus le droit de coiffer les humains. Va, contente-toi de désherber les voies, d'épiler les voûtes et de raser les murs. File, et que je ne te reprenne pas à faire de telles choses ! »

Plein d'épouvante, le barbier s'enfuit sans demander son reste, dans les dédales de la station.

« Et vous, mes enfants, dit l'inconnu, venez sur ma draisine. J'ai à faire. »

Il s'appelait le père Métro. Il leur dit sa profession : accoucheur de rames, enfanteur de trains, gynécologue ferroviaire. Cela leur parut obscur. Ils en auraient bientôt l'explication. A son tour, il posa quelques questions. Quand ils eurent satisfait sa curiosité, il leur révéla qu'ils étaient parmi les rares survivants de la catastrophe de Sully-Mollard-de-Merlan. Puis il leur demanda de faire silence. Les enfants n'avaient plus peur : cet homme singulier qui avait l'air si bon et venait de leur sauver la vie les réconfortait. Ils étaient prêts à le suivre n'importe où. Sur la draisine, ils parcoururent à petite vitesse des dizaines de kilomètres sous Paris, traversant les stations désertes à cette heure, empruntant des radiales, des transversales et des raccordements (car, vous le savez, les lignes du métro se coupent sans être reliées les unes aux autres), le tout dans un silence impressionnant, seulement troublé par le grincement des roues et la mécanique rouillée du balancier. Ils passèrent Place Cliché, Guy-Mocka, Anvers-Et-Contre-Tout, s'arrêtèrent à Abaisses-Ton-Froc.

« On descend là, dit le père Métro. Nous sommes sous la butte Montmartre. »

Il les prit chacun par la main et les guida à travers les couloirs déserts jusqu'à l'ascenseur.

« J'ai ma propre clef », dit-il en introduisant un passe dans une fente cisaillée.

Les lourdes portes vertes de l'élévateur s'ouvrirent pour leur laisser passage et se refermèrent derrière eux. Le père Métro donna un autre tour de clef et l'énorme machine, au lieu de remonter vers la surface, s'enfonça lentement sous la terre.

« N'ayez crainte, dit le vieil homme, ce ne sera pas long. »

Peu après, en effet, l'ascenseur s'arrêta devant un autre couloir aux briques vernissées, rutilant de blancheur, identique à celui qu'ils venaient de quitter mais dépourvu d'indications. Des murailles de pierres filaient, parallèles, à perte de vue.

« Pressons, pressons, enfants, je ne peux pas me permettre d'être en retard. »

Et, les reprenant par la main, il les conduisit à vive allure dans ce boyau qui semblait ne pas avoir de fin. Au fur et à mesure qu'ils avançaient, la vive clarté du début s'atténuait ; c'étaient maintenant des tonalités douces qui léchaient les parois de façon longitudinale, tandis que les voûtes s'élargissaient jusqu'à devenir le dôme d'une effarante salle obscure que soutenaient en quinconce de blanchâtres piliers. Tout au fond, entre deux rangées de colonnes, on distinguait à peine la gueule noire d'un tunnel d'où sortaient les deux rails d'une voie de chemin de fer. Instinctivement, Encre-Bleue et Tubulure se serrèrent contre le père Métro. Celui-ci mit alors des gants blancs et chaussa son nez d'une seconde paire de lunettes. Puis, se tournant vers eux, il dit :

« Mes enfants, vous allez assister au plus étonnant des spectacles, que nul excepté moi n'a pu voir jusqu'à ce jour. Mais, avant de commencer, il faut me promettre de ne rien révéler de ce qui vous sera montré, même à vos amis les plus chers. Sinon, je vous bande les yeux. »

Tubulure et Encre-Bleue promirent, jurèrent chacun sur la tête de l'autre.

L'homme continua :

« Et maintenant, je vais, comme chaque jour à l'aube, accoucher le Métropolitain et donc demander à la ville de Paris de me restituer les rames qu'elle a englouties pendant la nuit. C'est une opération délicate, qui demande beaucoup de concentration et de sérieux. Vous comprenez que la ville de Paris est une vieille dame très susceptible et qu'à la moindre fausse note, elle risque de me refuser la faveur que je lui demande. Aussi, je vous prie de ne pas dire un mot pendant l'office, et surtout de ne pas bouger et encore moins de rire. Nous sommes ici au dernier étage d'une ancienne carrière de gypse. Ce tunnel que vous apercevez là-bas débouche directement dans le ventre de Paris — oui, le ventre même de la capitale, énorme marmite, bouillonnante, large de plusieurs milliers de kilomètres carrés, inaccessible et interdite à tous les humains, même aux rats. Ce qui sort du tunnel est une voie qui monte en colimaçon jusqu'aux lignes normales du réseau. Regardez bien, enfants : je vais procéder au dégarage des 470 voitures du métro parisien. »

Alors le vieillard avança jusqu'au bord du tunnel, s'éclaircit la gorge et se mit à chanter d'une voix grêle :

Le père Métro est hypermétrope
Mais trop de pop atterre père et mère
Et trop de mères au pair et des mètres de père
Mettent par terre les mystères du Maître
O Terre Mère, permets que le métro sorte
Car le père Métro est hypermétrope

Ayant psalmodié ces incohérentes paroles, l'accoucheur se tut. Il y eut quelques minutes de silence total.

L'instant était solennel, angoissant : les petits retenaient leur respiration, de peur de faire trop de bruit. Maintenant qu'ils étaient seuls à nouveau, les effluves du grand vide noir les terrorisaient : c'était trop d'émotions pour eux en une seule nuit. Ils auraient voulu fuir, retrouver le quotidien familier et banal, mais ils n'osaient désobéir au vieux monsieur. Soudain, une espèce de grondement naquit au loin et s'amplifia ; puis deux feux en diagonale, avec une tache plus pâle au milieu, s'avancèrent en scintillant dans l'obscurité. Qu'y avait-il derrière ces yeux gigantesques toujours grandissants ? A quoi le ventre de Paris allait-il donner naissance ? Encre-Bleue et Tubulure tremblaient d'effroi. Ils crurent une minute qu'une masse énorme, un brasier vomissant l'incendie allait foncer sur eux et les fracasser dans son emportement. Mais le fanal s'était éclipsé, le colosse avait tourné sur la voie qui partait sur la droite, et c'était une locomotive entière qui leur présentait ses flancs noirs et brillants.

« Arrête ! tonna le père Métro. Ce n'est pas toi que j'ai invoquée, ô machine à vapeur du siècle dernier. Retourne dans les entrailles de la terre d'où tu n'aurais jamais dû sortir. Ton temps de service est fini. »

Alors, comme à regret, et lançant des panaches de fumée blanche, la vieille locomotive jeta un cri plaintif, un long sifflement de détresse et fit marche arrière dans l'horrible trou d'où elle venait de surgir.

« Chaque matin, dit l'étrange vieillard en se rapprochant des enfants, je dois inlassablement trier les prétendants, rejeter les usurpateurs. La ville de Paris me joue des tours : elle m'envoie d'abord ses rebuts dans l'espoir de s'en débarrasser. Car toutes sortes de véhicules veulent être le métro : depuis que ce dernier a été connecté aux principales voies de chemin de fer, cette carrière et l'arrière-salle qui la prolonge sont devenues le refuge de toutes les épaves de la S.N.C.F., l'entrepôt de tous les moyens de transport passés, présents et futurs. Même des automobiles essayent de s'y faufiler. Hier, par exemple, j'ai eu deux tractions avant. Pourtant, chaque soir, les employés ne couchent que les rames du métro. »

Il avait à peine terminé sa phrase qu'un wagon métallique, de couleur jaune-première-et-deuxième-classe-des-chemins-de-fer-belges, sortit à grande allure avec un souffle rauque.

« Halte, toi aussi, tu n'es plus en service, va-t'en ! Une seule minute d'inattention, continua-t-il à l'adresse des petits, et toute la composition des trains est désorganisée. Le bâtard s'installe dans la famille, et il faut des heures pour l'en déloger. »

Mais le père Métro n'était pas au bout de ses peines. Ce fut ensuite un défilé incessant de voitures, de tenders et de motrices dépareillées qui jaillissaient du noir boyau comme des diables de leur boîte, et s'en retournaient, déçues de n'avoir pas donné le change au malicieux vieillard. Ils purent voir ainsi de vieilles voitures du métro de la compagnie Nord-Sud, datant du début du siècle, des motrices profilées avec des grandes baies de verre à l'avant, un monorail en aluminium parsemé d'idéogrammes, probablement japonais, une suite de wagons aux plates-formes grillagées, une voiture-restaurant de l'express Paris-Londres, *Golden Arrow*, peinte en rouge, avec des bougies allumées sur les tables, un chariot de mine des Houillères de Provence, une diesel jaune du Canadian Pacific Railways, un fourgon à bestiaux américain, un ambulant postal suisse du Gruyère Express, une motrice à unités multiples, type Thompson, une BB 2224 verte à double pantographe, une machine à vapeur Mallet à double cylindre et simple expansion de la Compagnie de l'Ouest, une diligence de la Wells Fargo : c'était toute une débauche de formes, de couleurs et de fuselages, un défilé de prototypes, de tous les temps, un musée ferroviaire ambulant. Et chaque fois qu'un nouvel imposteur se montrait, le père Métro grondait. Le fautif, contrit, se retirait dans sa tanière d'où réapparaissait invariablement peu après un autre spécimen de son genre.

« Il y a dans les tunnels un côté merveilleux, dit l'accoucheur en aparté aux petits : on ne sait jamais ce qui va en surgir. C'est comme une matrice qui pourrait enfanter à loisir les créations les plus saugrenues. Derrière ce rideau de ténèbres, il y a tous les éléments d'une surprise : un théâtre se déploie dont nous attendons des effets toujours nouveaux. Le ventre de Paris est devenu un entassement de matériaux hétéroclites qui tentent chaque matin de ressortir à l'air libre. La capitale n'est pas androgyne, elle est polymorphe. On dirait qu'ayant copulé avec n'importe qui, elle peut aussi engendrer n'importe quoi. Là, regardez par exemple. »

La bouche noire venait de vomir une gondole qui

s'inclinait d'avant en arrière en cahotant sur les traverses de bois. Puis ce fut une caravelle démâtée dont le château arrière trop large se brisa au contact des pierres de la voûte. Puis un cycle à une roue que personne ne chevauchait. Et tout à coup, le vieux savant s'écria :

« Le voilà, le voilà enfin, c'est lui ! »

La muraille d'ombre fut habitée de légères vibrations, deux yeux percèrent l'obscurité et les premiers éléments d'une rame montée sur pneumatiques firent leur apparition dans la salle d'accouchement : ils étaient chauds encore des viscères de la ville, couverts de craie, de glaise, de lymphe, de sable, de traînées de terre qui dégoulinaient en rigoles de part et d'autre des caissons. Une autre rame suivit la première, puis une troisième vit le jour : le père Métro était récompensé de ses efforts. Et, à chaque wagon qui passait, il donnait une petite tape affectueuse avant de l'expédier vers les douches situées deux niveaux plus haut, dans un petit atelier attenant au funiculaire de Montartre. Chaque convoi qui montait par la voie en spirale lançait un joyeux sifflement en guise de bonjour ou de merci.

« Ah ! ah ! dit le vieillard, j'ai toujours envie de rire quand j'entends siffler un métro : je trouve ça aussi dérisoire et charmant qu'un enfant qui charge sabre au clair. Le métro est un jouet au milieu d'une chambre : quand il pousse un cri, comme s'il allait franchir les grands espaces, on ne voit plus, paradoxalement, que son côté miniature, tant paraît disproportionné la violence du son et la petitesse de l'attelage. »

Les rames continuaient à sortir en grappes du trou noir de la butte, toutes souillées et trempées de boue comme si elles avaient dû crever un bouchon de glaise avant d'être expectorées. Après la quarantième, les irrégularités reprirent, futuristes cette fois, et précédées par une flopée de nuages blancs qui accrochèrent aux aspérités du tunnel leurs festons de tissu floconneux. Il y eut d'abord une suite de boules en forme d'œuf propulsées sur un tapis de mousse. Un plancher immobile où étaient installés des sièges formait l'axe central autour duquel tournaient les sphères. On eût dit un jeu de boules lancées dans les couloirs, et l'on imaginait les voyageurs recroquevillés dans leurs œufs mobiles, tels des poussins en vadrouille.

« L'avenir ! dit le vieil homme, visiblement excité. Vous voyez passer devant vous l'avenir, c'est extraordinaire, le ventre de Paris nous indique ce que sera le Métropolitain d'ici la prochaine décennie. Manifestement, si le baroque somptueux des premiers modèles a disparu au profit d'un fonctionnel strict, il reviendra en force dans quelques années. Le métro a presque mis cinquante ans avant de se dépouiller de la figuration du carrosse ou de l'omnibus attelé, mais je vois que c'est la ville elle-même qui veut un métro esthétique, complexe, fantasque et non simplement utilitaire. Hélas ! dire qu'il me faut renvoyer ces prématurés ! Voyez-vous, mes enfants, ce qui m'a toujours choqué dans le métro parisien, c'est la dissymétrie des wagons par rapport au tunnel : un rectangle inscrit dans une ellipse. Si bien que ce train ne semble pas le fils de la terre, mais un étranger, une anomalie contre nature.

On se prend à rêver d'un chemin de fer qui épouserait rigoureusement les boyaux souterrains, comme à Londres, et n'en serait que le moule parfait, indéfiniment recommencé. »

Les deux enfants ne l'écoutaient plus car un véritable tube flexible, semblable à un ver de terre géant, venait de poindre la tête hors du tunnel. A l'intérieur étaient installées des banquettes de cuir qui se faisaient vis-à-vis, et il y avait une porte concave tous les trois mètres : cet étrange moyen de locomotion évoquait, en cent fois plus gros, les tuyaux d'expédition des pneumatiques des postes. Le père Métro, fidèle à son rôle, l'exhorta gravement à retourner au limon, car son heure n'était pas encore venue. Avec des frissonnements de l'échine, l'énorme lombric rebroussa chemin. Vint ensuite un métro à montgolfière qui flottait au ras des voûtes, et dont les roues ne touchaient pas les rails. Les enfants applaudirent, émerveillés, mais l'insolite machine eut toutes les peines du monde à revenir en arrière, car ses ballons énormes gonflés d'hélium la tiraient vers le plafond. Puis suivit un aérotrain à turbine à gaz à rail unique à coussin d'air, puis un turbotrain inclinable de la Tokaido Line. Ensuite de quoi, le ténébreux cloaque recommença à dégorger le métro normal de la vie normale du Paris de tous les jours.

« Ça alors, c'est rien chouette le métro à Politain ! » dit Tubulure en guise de conclusion.

Car c'en était fini pour ce matin des fantaisies, des écarts, des anachronismes : la naissance quotidienne avait eu lieu comme prévu. Il était temps d'ailleurs, car l'aube approchait. Mais le vieux savant paraissait mélancolique : la vue de ces prodiges passés ou à venir semblait l'avoir assombri ; une barre striait son noble front ; il se mit à marmonner pour lui-même, et il était évident qu'il ne se souciait pas d'être compris ou entendu de ses interlocuteurs :

« Il y avait quelque chose de majestueux dans l'ancien style du métro. Tout annonçait, préméditait une descente aux enfers : à l'égal du forum antique ou du temple grec, on accueillait les voyageurs avec déférence, parce qu'alors les couloirs souterrains constituaient vraiment un autre lieu. Le métro n'était pas encore une copie de la ville, un prolongement de l'univers urbain, une simple adaptation à des contraintes extérieures. Le style métro, c'était la projection d'une flore sauvage, une palette de couleurs fauves, un Styx tropical. La modernisation, c'est la fin de toute cette mythologie symboliste première fondée par Guimard, la fin des lignes infléchies, des surfaces cintrées, des caresses pour l'œil, des ondulations délicates, des courbes gracieuses, des arborescences de fer, des hiéroglyphes tortueux. Le métro était une œuvre d'art, une matrice de formes et de mœurs nouvelles ; maintenant, sous prétexte de modernisation, c'est de nouveau le règne de la ligne droite, de l'efficacité, de la neutralité fonctionnelle. Ça ne parle plus, ça ne chante plus, ça ne dit que le rendement, le roulement, l'assujettissement aux rythmes du travail, la marchandise. A quel niveau de fadeur on l'a ravalé ! »

Tout en monologuant, le vieillard surveillait la sortie des trains. Certains arrivaient à l'envers ou dans le désordre, quand un employé de la Régie accourut dans la salle.

« Père Métro, père Métro ! cria-t-il essoufflé, venez vite, on a volé le Champignon de Paris !

— Quoi ? Vous êtes sûr ?

— Certain, Votre Sécheresse (c'était le second titre du père Métro, auquel il avait droit en raison de son grand âge et de sa notoriété), il a été volé hier soir au Muséum d'Histoire naturelle, dans le jardin des Plantes : des inconnus ont fracassé la verrière du bâtiment de mycologie, ont assommé les gardiens et emporté la précieuse pousse.

— Mon Dieu, quel désastre, la ville de Paris privée de son Champignon, c'est la ruine !

— Et savez-vous quoi, père Métro ?

— Non.

— La tour Eiffel qui n'est que la représentation stylisée du Champignon de Paris, la tour Eiffel après ce vol s'est affaissée ; pendant la nuit, elle a molli, s'est ratatinée, voûtée. Sa tête penche vers le nord, on craint qu'elle ne nous fasse une coulée, tout le quartier du Chant de Marche jusqu'à Solférhinopharyngite-Belle-chiasse a été évacué.

— Horreur, échec et damnation. Et la police, que fait la police ? »

Alors, à voix basse, l'employé chuchota :

« Elle a immédiatement arrêté deux cent soixante travailleurs immigrés, violé quarante femmes, battu septante homosexuels, incarcéré nonante prostituées. Le maire de Paris dirige lui-même les recherches. Naturellement, le Champignon reste introuvable.

— Hélas!
— Mais il y a plus!
— Quoi donc?
— Le centre Bombidou.
— Eh bien?
— Vous savez qu'on plaisantait toujours sur son côté tuyau de water, gros intestin. Figurez-vous que depuis ce matin, les tubes extérieurs dégorgent des litres et des litres d'un liquide nauséabond et malsain, une vraie cascade de puanteur.
— Il faut que j'y aille sans délai. Mes enfants, l'accouchement est terminé. N'oubliez pas votre promesse. Il est cinq heures du matin. Montez dans la première rame qui vous conduira chez vous. Moi, je file. »

Et Sa Sécheresse s'en fut en balbutiant :

« Le Champignon de Paris kidnappé, heureusement qu'il m'en reste une boîte... quel scandale...! »

Leurs familles les attendaient avec une telle anxiété qu'on ne les gronda même pas. Ils restèrent à la maison le lendemain pour se reposer, et ils ne manquèrent rien, parce que le cours de masturbation était reporté à la semaine suivante. Ils étaient convenus de raconter la même chose : qu'après l'incendie de leur wagon, ils s'étaient endormis dans un tunnel loin de Justes-Cieux et avaient été réveillés à l'aube par un employé. Le rapt du Champignon de Paris accaparait tellement les esprits qu'on fit à peine attention à l'accident survenu la veille à la rame 437, dont la remorque avait pris feu à la suite d'une défaillance du système électrique. Comme il n'y avait eu que cinquante morts et deux cents blessés, cela passa dans la presse au compte des faits divers. Tubulure et Encre-Bleue furent accueillis en héros par les autres membres de la bande. D'ailleurs, une fois revenus à la vie normale, ils n'étaient plus tellement sûrs d'avoir vécu tous ces événements. Comme ils voulaient en avoir le cœur net et retrouver Kikessessoi, ils demandèrent à leurs parents la permission, pour eux et le reste du groupe, de passer les vacances de Noël dans le métro. La Régie, dans le cadre de sa campagne d'animation et de réhabilitation du chemin de fer souterrain, organisait des colonies pour enfants dans les plus grandes stations du réseau. La permission fut accordée pour tous, y compris pour Tilt, le plus petit. Mais quelques jours après cette folle nuit, et probablement à cause du coiffeur fou qui lui avait mouillé la tête, Tubulure fut cloué au lit par une otite foudroyante. Ils iraient donc sans lui passer les fêtes de fin d'année dans le métro. Mais Encre-Bleue, son amoureuse, promit de lui écrire très, très souvent.

LETTRES DE LOIN

Chers Mamapaparents,

Hier le chef de station nous attendait à la descente de l'autobus, à Strass-Boursin-Mimi. Il nous a souhaité la bienvenue, nous a comptés, nous a fait mettre en rang par ordre de grosseur. On est descendus en ligne dans les escaliers. Comme on était avec lui, on n'a fait qu'une heure de queue aux guichets pour y retirer notre carte de priorité, on a descendu d'autres escaliers très profonds, on a passé la douane, une poinçonneuse automatique. Icigo, il est bête, il a dit : « Merci madame », il croyait qu'il y avait une dame dans la machine, le chef de station nous a fixé un emplacement pour nos tentes : nous campons sur le quai 5, direction Porte de Clientgourde, tout au bout entre le panneau Queue de Train et l'affiche des Relevés des Condamnations, juste sous un immense placard Bonbel, le fromage qui donne des ailes, encore bravo les vaches. Au début, j'avais un peu peur qu'à cause de cet immense fromage au-dessus de nos têtes, ça sente un peu fort la nuit, ou que ça coule sur nous, mais non ce n'est quand même que du papier. Tous les matins, nous allons faire notre toilette au robinet marqué « Eau non potable » et nos petites commissions dans les waters payants de la station. Il est interdit de faire pipi sur les rails, il paraît que c'est dangereux et qu'on risque de s'électrocuter. Hier nous avons déjà eu une heure de visite de l'ensemble des bâtiments : salle de distribution des billets, couloirs de correspondance, circuits télévisés internes, exposition de vieux poinçons des années 60 avec les empreintes digitales des poinçonneurs, locaux des fonctionnaires de la Régie, bureaux et chaises pivotantes des locaux des fonctionnaires de la Régie, tiroirs, plumiers, taille-crayons, dossiers des bureaux et chaises pivotantes des locaux des fonctionnaires de la Régie ; fonctionnaires de la Régie eux-mêmes, Mme Goulot, M. Déclic, Mlle Couaillette. Le chef de gare s'appelle M. Mégalopolis, les balayeurs Erbert Diope et Mohamed Moa.

L'ambiance est drôlement sympathique et le climat plus chaud qu'à la surface. Nous nous promenons tous en tee-shirt et en baskets et les voyageurs qui montent ou descendent des rames sont très gentils avec nous et font attention de ne pas se prendre les pieds dans les cordages des tentes. Il n'y a que la nourriture qui soit un peu monotone : steak de rat à midi et le soir, pommes de sous-terre (un peu plus grosses que les autres), pâtés de chauve-souris, radis, carottes, navets (ils poussent au plafond et on les cueille en montant sur une échelle), quelquefois du museau de taupe en vinaigrette (c'est très bon mais, même cuit, ça continue à bouger dans l'assiette en plissant le nez et c'est très dur à découper). La nuit, nous montons la garde à tour de rôle par roulement de deux heures, car il y a toujours des rôdeurs, des clochards qui pourraient nous chiper nos casseroles ou nos provisions. Et puis le soir, après dîner, nous allumons un feu de joie dans un brasero et nous chantons. Quelques banlieusards nous lancent des piécettes mais nous ne demandons rien. Des excursions sont organisées pour la semaine prochaine : une à l'ouest, expédition avec torches et ficelles entre Miro-et-Sénile et Franklin-le-Roux-Svelte, une au nord vers l'Hagard Saint-Lascar, une au sud en direction de la Chambre des Dépités, une à l'est vers Grand-Bêta. Demain, nous visitons Sidi Ben-Barbès-Rochechouart et le quartier de la Couille-d'Or. Nous avons rencontré un autre groupe d'écoliers, eux, ils campent à Chapeau de Vin de Seine, en banlieue, j'aimerais bien y aller pour de prochaines vacances. Je vous embrasse.

Tilt Souriate.

Chère Madame Braque,

Dans le métro tout se ressemble parce que tout est en double exemplaire : il y a deux quais, avec deux cabines et des affiches exactement semblables, deux trains de la même longueur, de la même couleur ; dans les wagons, il y a deux rangées de sièges qui se font face, deux plans du métro sous le plafond; tous les couloirs des stations sont identiques et pavés de faïence blanche, la symétrie est tellement stricte que le matin, en sortant de la tente, nous croyons toujours qu'en face sur l'autre quai d'autres enfants vêtus comme nous vont sortir à leur tour de leurs tentes. Même les employés finissent par se ressembler, heureusement qu'ils ont leur nom marqué à la boutonnière. Avec tous ces mimétismes, le risque est grand de se perdre. Dans les immenses couloirs blancs des grandes stations, beaucoup de voyageurs vont et viennent, le visage défait, en demandant leur chemin à d'autres voyageurs qui se sont eux aussi perdus. Toute cette troupe de fantômes hagards monologue à voix basse. Beaucoup s'asseyent par terre et attendent. On peut aussi prendre un guide aux guichets : il vous conduit au quai de votre choix, mais c'est cher, ils ont un petit compteur sur les chaussures, ne prennent jamais la voie la plus directe, traînent, parlent avec des amis. Résultat : c'est souvent plus coûteux que le prix d'un ticket. On a essayé de faire des couloirs rien que de fromage, d'autres rien que de yaourt, d'autres encore rien que d'aspirateurs (très propres ceux-là, sans un grain de poussière), mais ça n'a pas donné de grands résultats. Le soir, à la fermeture, les agents de la Régie ramassent tous les égarés dans un grand filet et les déposent au bureau des Objets perdus. Chaque station en a un. Il y en a qu'on ne vient jamais rechercher et qui se recroquevillent dans leurs tiroirs et deviennent tout petits, tout petits. Quand ils sont desséchés, on les met dans un autre tiroir. Et on attend qu'ils ne soient plus qu'un tas de poussière pour les glisser dans une enveloppe avec le nom de la personne dessus. C'est drôlement bien organisé, vous savez, madame Braque. Je vous fais mille gros baisers.

Frime Cocodie.

Cher p'a, chère m'man,

Le chef de gare déteste les chiens qui aboient, surtout quand la caravane ne passe pas.

Hier, on a fait une grande balade. A la fin de la ligne on s'est enrhumés à cause d'un courant d'air : on était à la Basilique Sainte-Nitouche, mais la porte de la Chapelle était mal fermée.

Ce matin, la police a fait une descente ici pour démanteler un réseau de trafiquants de moustaches de rats, car elles contiennent de la ratine (produit proche de la kératine) qui renforce l'élasticité des cordes de guitare et de contrebasse. Deux roulants ont été arrêtés les poches pleines de moustaches, on a trouvé sur eux une paire de ciseaux et diverses tapettes qu'ils utilisaient pour capturer les rongeurs (vous savez que ces derniers sont protégés par la compagnie ; d'ailleurs, dans R.A.T.P., il y a rat).

Je supposite que vous allez bien.

Icigo.

Ma petite Paulette,

Je vais t'écrire une longue lettre parce que tout le monde est parti en excursion et je suis restée seule à la tente cet après-midi. Ici, je me suis fait plein de copines. Elles travaillent dans la station : le gouvernement les a autorisées à s'installer dans le métro pendant l'hiver en raison du froid, mais aucune chambre n'a encore été aménagée pour elles dans la station : elles doivent attendre sur des bancs, et dès qu'un métro arrive, se précipiter aux portes et crier : « 50 francs la pipe, 100 la passe debout, 200 francs la passe couchée. » Dès qu'elles accrochent un client, il faut qu'elles remontent à toute vitesse dans la bise et le vent jusqu'à leur hôtel ; alors souvent, quand elles sont à la bourre ou tombent sur un monsieur urgent, je leur prête ma tente l'après-midi. Je te promets que je ne regarde pas, et, après, j'ai toujours droit à un petit gâteau ou à des bonbons.

Il faut que je te raconte notre visite de lundi au Laboratoire expérimental du Métro, Fondation Politain, situé Pont de l'Allemand, Plat de la Résistance. C'est là que se trouve le Centre de Recherche pour l'Amélioration et la Compétitivité des Transports urbains. Beaucoup de savants y habitent. Le centre est divisé en différentes sections : ventilation, sonorisation, vitesse, motricité, freinage, animation, etc.

Le premier savant que nous avons visité loge dans un vaste laboratoire rempli de dentiers, de photos de castors, de grandes incisives à bout tranchant. Son idée est tout simplement de transférer les mâchoires des rongeurs sur le métro, de doter les motrices de pelleteuses-déblayeuses et les remorques de bras mécaniques étayeurs-déblayeurs. Il veut promouvoir un métro denté qui creuserait lui-même ses galeries, poserait les rails entreposés dans son coffre au fur et à mesure de sa progression, terrasserait et cimenterait la terre arrachée. Un tel métro pourrait pratiquement se déplacer n'importe où (par exemple : relier Marseille à Paris), et surtout, il économiserait l'emploi coûteux d'équipes de forage.

Le second laboratoire sentait très fort le chat domestique : c'est qu'une trentaine de ces félins y étaient enfermés dans des cages étroites, au milieu d'un équipement très sophistiqué de microscopes, de télescopes, de verres grossissants. Un savant trône sur ces appareils d'optique : il greffe sur des employés volontaires des yeux de chat pour leur permettre d'y voir plus clair dans la nuit des tunnels. Le motif invoqué est là aussi financier : économie de phares, d'ampoules et donc d'énergie. Si la Régie acceptait cette expérience, ce monsieur envisage d'étendre par la suite le système des greffes sur les voyageurs eux-mêmes, afin de limiter au maximum les dépenses d'électricité dans les stations. Les individus non greffés prendraient l'autobus ou le taxi. L'idéal, selon ce savant, serait de parvenir à un métro noir, absolument ténébreux, le meilleur marché de tous les métros du monde.

Le troisième chercheur s'occupe, lui, de la valorisation du temps de transport. Il propose d'établir, perpendiculairement aux voies, soudées dans le flanc des tunnels, des barres métalliques trempées analogues à celles des xylophones ou des gamelans : les voitures seraient pourvues en leurs parties extérieures de petites excroissances crantées qui, au contact des barres de métal, émettraient une mélodie bien déterminée. C'est au fond le principe même de la boîte à musique. Des accordeurs viendraient chaque jour régler la tonalité de ces touches et chaque conducteur aurait, en contrôlant sa vitesse, sa manière propre d'interpréter les airs et les chansons incrustés dans la muraille. Le réseau offrirait une gamme proportionnelle de musique classique et de variétés.

La quatrième chambre était traversée par un grand rail circulaire sur lequel était posé un wagonnet : une autruche adulte, attelée au wagonnet, avançait et reculait selon les ordres que lui hurlait au porte-voix un savant armé d'un fouet. Il dressait ainsi toutes sortes d'animaux à tirer les trains, en prévision de futures restrictions d'énergie, et aussi pour pallier les coupures de courant les jours de grève. Il avait dressé toute une escouade d'oiseaux à longues pattes et leur avait appris à intervenir en n'importe quel lieu du réseau à la moindre alerte ; à démarrer au signal ; à s'arrêter à chaque station ; à repartir au coup de sifflet ; à ralentir dans les virages et les pentes ; à stopper au feu rouge. Il ne désespérait pas de former plusieurs équipes d'autruches, mais les candidates étaient de plus en plus rares et les zoos devenaient réticents. Il nous fit signer une pétition, pour que le gouvernement lui accorde une rallonge exceptionnelle de cinquante bêtes. Il ajouta qu'il faudrait également prévoir un ballast de sable afin que les autruches y enfouissent leurs têtes si elles venaient à être effrayées.

Le cinquième savant était logé au second sous-sol, dans une espèce de salle basse qui tenait à la fois du salon de coiffure et de la serre tropicale. Il se présenta lui-même comme un poète et nous confia qu'il nourrissait deux projets divergents. Le premier consistait à ensemencer le toit des wagons de graines d'échalotes, de géraniums, de tulipes, d'orchidées, de magnolias, car il avait calculé que l'air confiné des tunnels accélérerait les vertus germinatives de ces plantes. Il estimait que, pour salaire de cette élégante décoration, la R.A.T.P. obtiendrait le premier prix des villages fleuris de France. Son second projet concernait les rats : il avait fabriqué un shampooing à base de légumes et d'acides gras qui favorisait chez les rongeurs l'apparition de boucles, ainsi que le frisottement des poils et de la toison. Il espérait voir naître dans un délai raisonnable une nouvelle race de gaspards à fourrure frisée, plus élégants, plus fins que leurs congénères des égouts ou des poubelles (car la compagnie se devait d'avoir un personnel stylé). Dans le même ordre, et à côté de l'introduction de la coiffure afro chez les rats du métro, ce monsieur songeait également à créer des perruques pour les chauves-souris résidant dans les stations.

Le sixième savant qu'il nous fut donné de rencontrer était frileux et tricotait pour le métro aérien un manteau capuche à grosses mailles troué à l'endroit des portes et des fenêtres. Dans l'esprit de son créateur, cette petite laine devait tenir les voyageurs bien au chaud pendant les trajets en plein air.

Le septième savant veut remplacer les escaliers d'accès aux quais, difficiles à construire, onéreux à entretenir, source de bouchons et d'accidents, par des toboggans en plastique et en pente douce que les voyageurs balaieraient en même temps qu'ils glisseraient. Ces pistes seraient directement reliées aux deux portes de chaque wagon, et les gens y tomberaient en grappes. Un essai a été effectué à Raie-Publique. Malheureusement, la rame avait une minute de retard, les voyageurs se sont écroulés sur la voie et se sont écrasés les uns sur les autres.

Nous allions pénétrer dans le laboratoire d'un huitième homme de science quand la sonnerie de six heures a retenti. Or, dans la fondation Politain, les chercheurs dînent en fin d'après-midi et se couchent à huit heures. C'est le règlement. Alors nous sommes rentrés, et comme nous étions très fatigués, nous nous sommes endormis en cours de route. Le soir, un vieil employé de la Régie qui ressemblait un peu à Kikessessoi (tu sais ce clochard-magicien dont je t'ai causé une fois) est venu à notre veillée. Il nous a parlé de ce pays merveilleux où les mots se posent poliment sur les choses qu'ils désignent pour s'y fondre. Je te dirai tout ça dans une autre lettre. Reçois mille grosses bises parfumées de ta

Faunette.

Cher Monsieur Piloute Pluche,

Voilà quatre jours que nous sommes en vacances dans le métro à Politain. Comment allez-vous ? Ici, il y a des équipes spéciales d'employés qui rangent les courants d'air dans des boîtes. Malgré tout, c'est encore très venté. Sous les tunnels, l'humidité est si grande qu'il faut une journée entière pour sécher une goutte de pluie. Heureusement que la pluie ne tombe que goutte à goutte, une goutte par jour, grâce à un procédé de filtrage, car une averse en bloc ou en paquets mouillerait le métro pour au moins six mois. J'espère que votre santé est bonne. Si vous saviez comme la chaleur ici-bas accélère la croissance de certains êtres ! Ainsi, notre mascotte, le petit fox-terrier, nous l'avions mis à l'attache la première nuit à un piquet de tente, le lendemain il était devenu un danois énorme ; ce même danois, d'ailleurs très affectueux, attaché lui aussi le soir suivant, s'était transformé le surlendemain en veau à tête de chien ; et le veau, le jour d'après, avait le volume d'un hippopotame. Le directeur de la station, M. Mégalomanis, nous a prié alors d'évacuer l'animal : il craignait pour sa réputation et la bonne marche du réseau : en effet, que penser de ceci : le trafic suburbain bloqué par un hippopotame coincé dans un tunnel ! Nous avons ramené la bête à la surface (quel supplice pour lui faire prendre l'escalator), mais au grand air, en quelques heures, elle a dégonflé à vue d'œil. Nous l'avons remise dans l'autobus qui l'a ramenée chez elle : on était bien tristes. Vous comprenez maintenant pourquoi les animaux sont interdits dans le métro : ils y deviendraient des monstres en peu de temps. A cause de la chaleur presque tropicale. Comment va Mme Piloute Pluchette ? A bientôt.

Potronminet.

Ma petite grand-mère velue,

Au-dessus de notre tente, on a changé l'affiche : hier, c'était Bonbel, le fromage qui blanchit les selles ; aujourd'hui, c'est Pubis de Chavannes, un peintre de paysages. Toutes les semaines, ça change. Dans le métro, tu peux faire le tour de Paris avec un seul ticket à condition de ne pas sortir. Maintenant, dans les wagons, ils collent des publicités partout, sur le plancher, au plafond, comme ça il y a beaucoup à lire et à regarder et on n'a jamais le temps de s'ennuyer.

Hier, on a eu très peur : depuis que le gouvernement n'a autorisé les manifestations que dans les égouts, les catacombes et les couloirs du métro, la Régie est en état d'alerte quasi permanent. Hier, donc, les employés nous avaient demandé de démonter la tente et de mettre le matériel en sûreté au premier étage dans la salle d'accueil. Les syndicats avaient décidé qu'un défilé passerait par Ça-Bourre-Cinq-Demis, suivrait la ligne 9 et se disloquerait entre Havre-du-Coche-Martien et Chaussette-d'Antan. Le trafic avait été interrompu, les organisateurs de la manifestation avaient loué une dizaine de rames pour transporter leurs troupes. Les manifestants, arrivant de l'Arête-Publique, ont déboulé à petite vitesse dans la station vers 18 heures. Ils chantaient tous des airs révolutionnaires : *Colchiques dans les prés, colchiques dans les bois, Un petit chat gris, sa maman lui dit ;* ils avaient ouvert grand les fenêtres, agitaient des drapeaux rouges ; les wagons étaient bondés. Une immense banderole dénonçant le chômage surmontait chaque motrice. Deux rames avaient déjà traversé la station quand, par les alvéoles des murs de communication, nous avons vu arriver sur la ligne 8, un convoi spécial chargé de C.R.S. qui descendaient au pas de course et prenaient position sur les quais. Les ouvriers les ont aussitôt sifflés et se sont mis à entonner la chanson interdite : *Bidou, Bidou, t'as du poil à la quéquette, Bidou, Bidou, t'as du poil partout.* La riposte des répressifs ne s'est pas fait attendre : avec leurs mousquetons, ils ont tiré à hauteur d'homme en plein dans les wagons qui passaient, faisant exploser leurs grenades à sanglots au milieu de la foule entassée. Les gens hurlaient, se piétinaient, essayaient de fuir. Ceux qui descendaient ou sautaient par la fenêtre étaient bien sûr matraqués et mis à la disposition des hôpitaux. Le train a accéléré, mais pas assez vite pour éviter les dégâts. A cause de cette attaque inattendue, le défilé s'est coupé en deux, quatre rames ont continué vers Havre-du-Coche-Martien, les autres sont retournés à l'Arête-Publique où les manifestants se sont dispersés. Les C.R.S. ont ratonné les tunnels tout autour de notre station jusqu'à vingt-deux heures, et après ils sont partis. Des nappes de gaz lacrymogène flottent encore dans les couloirs. Le chef de gare, M. Megalomanis, était furieux, il a téléphoné devant nous au ministère des Interpellations contrôlées. Il paraît que les manifestations auront désormais un parcours assigné, par exemple un stade, un circuit automobile ou même peut-être le Parc des Pinces, entre deux matchs. Ou bien des mines désaffectées en province. Ou alors dans le métro, mais la nuit. Pourvu qu'elles ne dérangent ni la circulation des voitures, ni le trafic aérien, ni le flot piétonnier, ni les transports en commun.

Ce matin, sur la ligne 7, dans le compartiment, deux personnes se sont accrochées pour une histoire de pieds écrasés. Je rougis de vous répéter les horreurs qu'elles se sont dites, il le faut pourtant pour vous donner un échantillon des mœurs souterraines.

Le premier a crié à l'autre qui lui avait marché dessus :

— Pr $(x - xI) = (tI) = 1/2 + (+I)$! Grossièreté insigne à laquelle le second a répliqué fort judicieusement :

— Si $x = a2 + b2 + 2ab$, le plus ab des deux n'est pas celui qu'on croit.

Cette réponse a vraiment fait mouche. L'autre, à court d'arguments, était rouge de colère et est descendu en marmonnant : « $\pi = 3,416$. » On dirait, n'est-ce pas, grand-mère, que descendre sous terre déchaîne les instincts les plus bas, le verbe le plus ordurier ? D'ailleurs, ne dit-on pas la lie des bas-fonds ? J'embrasse votre verrue avec respect.

Rouflaquet.

Cherzéaffectionnés Pèrémèréfrèrésœureonklétantekousinsine,

Dans notre station, il y a des escaliers qui montent tout seuls sans fin : ils sont recouverts d'écailles enroulées autour d'un roulement à billes, chaque marche a des dents d'acier qui brillent et aveuglent les yeux. Une rampe en caoutchouc animée d'un mouvement circulatoire les accompagne et, quand on pose la main sur la rampe, on se met à trembler comme si le corps de la machine passait en nous. Ces escaliers mécaniques tournent toujours sur eux-mêmes et ronronnent. Ils adorent la lumière, on les nourrit tous les jours de plusieurs milliers de kilowatts-heure de tubes de néon, et si, par hasard, à la suite d'une panne, cette clarté faiblit, ce monstre d'inox et de chrome se met en colère, se creuse, aiguise ses dents, ouvre ses trappes et avale un petit garçon ou une petite fille. Au cas où l'interruption de courant se prolonge, c'est la compagnie elle-même qui livre à ces mille-pattes nickelés les petits enfants : alors le crabe de métal redresse ses marches, laisse entrevoir ses entrailles de bielles, de cardans et de courroies, les victimes sont poussées dans les roues crantées qui les broient méthodiquement et les absorbent, vêtements et souliers compris, en quelques minutes. Ensuite, l'escalator redéploie ses marches. Il digère lentement, sa rumination est longue et lui arrache un chuintement quasi inaudible. Dans certaines stations d'importance comme Etaumur-C'estpastapoule? Nazillon, Charles-décolle-à-l'Etoile, Trop-De-Cul-Doré, Mac-De-Laine, Au-Pair, il y a jusqu'à deux offrandes par mois aux escaliers mécaniques. Ces sacrifices sont publics et attirent beaucoup de monde.

Il existe aussi un métro gourmand sur la ligne 3, c'est celui qui mange les suicidés. Ils arrivent tous les matins dès six heures à la station Jambon-De-Parmentia, ligne 3. Ils sont inscrits par ordre d'arrivée et doivent attendre leur tour. Les suicides ont lieu de huit heures à midi, il est interdit de se jeter sous les roues du train au-delà de cette heure, les contrevenants ne sont pas enterrés. Sur le quai, il y a un bar où les candidats se désaltèrent, bavardent, jouent au flipper, au billard ; les appels ont lieu par haut-parleur, on passe par fournées de cinq. Chaque suicidé apporte avec lui une petite valise d'effets personnels qu'il dépose à la consigne ; la plupart sont vêtus de manière élégante, avec recherche, comme s'ils devaient rencontrer un personnage de haute importance. S'ils changent d'avis au dernier moment, ils doivent payer une forte amende; quant aux hésitants (il s'en trouve parfois), un « pousseur » leur est spécialement affecté, qui les aide à l'instant crucial.

Ils sautent au milieu du quai, toutes les dix minutes. La mort est prise en charge par la Sécurité sociale. Quand la motrice de la rame mangeuse débouche du tunnel et voit les aspirants tomber un à un sur les rails, elle ouvre grand ses mâchoires (placées entre ses phares) et les avale d'un coup en se régalant. Quand elle les a tous dévorés, elle est alors parcourue de spasmes électriques : elle tremble doucement en dégageant une petite lumière bleutée, elle carillonne, fait entendre un grand renvoi d'air comprimé et s'ébranle pour une promenade digestive. Entretemps, le conducteur lui a essuyé les babines avec une grande serviette. Il paraît — je tiens ce renseignement du chef de gare — qu'une locomotive dévoreuse d'hommes consomme après les repas cinquante pour cent d'énergie électrique en moins qu'une motrice normale.

Demain, on passe le réveillon du Nouvel An dans un vieux wagon désaffecté au dépôt d'Ivry : il y aura des chips, du poulet et de l'eau minérale ! La fête, quoi. Gros baisers

Tohu.

Chère Madame Dulcinée Potelée,

Ne prenez jamais le chemin de fer électrifié desservant souterrainement la ville de Paris et ses banlieues proches aux heures d'encombrement maximum des passagers, c'est-à-dire le matin entre 7 et 9 heures, au milieu du jour de 11 heures et demie à 13 heures et demie, l'après-midi de 17 h 30 à 19 h 30, car vous risquez alors de disparaître à jamais, d'être transformée en pâté en croûte, je dis bien en pâté en croûte : chaque jour, il arrive que les voyageurs se tassent tellement dans les compartiments qu'ils s'agglutinent, perdent leurs contours individuels et fusionnent en masse les uns dans les autres. L'espace d'une station, le mélange opère, les chairs se confondent, les gens coagulent et ne font plus qu'une seule et même pâte humaine composée de dizaines de corps, de manteaux, de pantalons, de serviettes, de sacs à main enchevêtrés, magma à peine discernable que surmontent ici ou là les têtes des plus grands passagers. Lorsque le train s'arrête, les maîtres charcutiers de la R.A.T.P., armés de grands couteaux, ouvrent les portes et découpent en tranches ce gâteau de voyageurs. De petits chariots transportent les portions jusqu'au bar où elles sont à nouveau découpées et servies, pour une somme modique, en apéritif sous le nom d'*Extraits d'Agglutinés* du petit matin. Si l'on désire une viande plus faisandée, les maîtres traiteurs laissent le Wagon-laboratoire rouler deux jours de suite toutes portes fermées avec sa cargaison : cela donne un pâté au goût piquant que l'on déguste avec un petit vin blanc frais. Rassurez-vous, les autres heures de transport sont tout à fait sûres.

Comme dit Tilt, s'il n'y avait que des pingouins dans le métro, on pourrait supprimer les places assises.

Je vous envoie 4 baisers chauds que j'expédie en recommandé pour qu'ils ne soient pas brisés pendant le transport.

Encre-bleue.

Tubulure mon amur, Tubuloure, mon amour,

J'espère que ton otite va mieux, je te regrette beaucoup, toutes les nuits, je te fais une petite place dans mon sac de couchage, espérant que peut-être tu arriveras à l'improviste. Et pourtant, si ce n'était mon désir très fort de te revoir, je ne voudrais jamais retourner à la surface. Je vais te raconter un peu tout ce qui se passe ici. Le métro est comme une immense ville souterraine où les gens ne font que passer. Il faut payer le prix de ce passage, cela veut dire que c'est très provisoire. Mais ici personne ne nous tient en laisse. Pendant le jour, la station où nous campons connaît une animation extraordinaire : les couloirs, les carrefours sont occupés par des camelots tonitruants, des vendeurs de fleurs, des pickpockets avec la patente de leurs syndicats, des gitans gesticulants, des nègres en bonnet exhibant des statuettes exotiques, des colliers, des chapeaux de cuir (j'en ai acheté un pour toi), des marchands de bagues, des aveugles qui vendent des lunettes de soleil ou des billets de loterie, des guitaristes chevelus, des jeunes filles, des rabatteurs, des marchands de cocanine et des policiers en civil, très grands et forts. Ceux-là, il ne faut pas en avoir peur, car ils ne s'intéressent qu'aux drogués, aux Arabes et aux Noirs. C'est drôle mais j'ai l'impression que les policiers n'aiment pas beaucoup les Arabes. Ils les arrêtent pour un oui, pour un non, et même pour un ni oui ni non, eh! toi, le raton, tes papiers, t'es sourd ou quoi? ton permis de travail? des fois, ils leur déchirent leurs cartes en riant et quand l'autre la ramasse, ils le frappent sur la nuque et après l'emmènent au poste pour violence à agents, ou bien, ils leur font mettre les mains au mur comme ça pendant des heures, ils leur donnent des petits coups de matraque sur les côtes, histoire de vérifier si elles sont solides. Nous, au début, on croyait qu'ils jouaient à Pigeon vole. Un commissaire qui est là tous les jours nous a expliqué que c'étaient des malfaiteurs dangereux, tous proxénètes, agitateurs, espions. « Est-ce que vous allez les battre, monsieur le commissaire? j'ai demandé — Peut-être, a-t-il rétorqué, ça dépendra comment les hommes se sentent, je ne veux pas les surmener, surtout qu'on a une manif à assurer ce soir. — Vous les frappez où surtout, monsieur le commissaire? — Partout, ma petite, partout où ça fait mal, pas de ségrégation, nous, à la police, on est démocratiques, on est pour l'égalité de souffrance de toutes les parties du corps, hein, Agenda (c'est son adjoint) ? — Oui, chef », et ils ont ri très fort, puis ils ont repéré un chevelu, Français celui-là, ils l'ont interpellé, ont écarté ses sourcils un à un en reniflant, tu comprends, ils cherchent de la drogue, sucre brun ou marie-jaune. « T'as de la chance de pas être un crouille, lui a dit le commissaire, sinon t'aurais vu tes cheveux, pédale, coupés à la tondeuse, allez, fous le camp ! » Une ou deux fois par semaine, des groupes de jeunes en blousons de cuir viennent voir le commissaire. Ils parlementent à voix basse et se serrent la main. Le commissaire m'a dit que c'étaient des Français qui, pour se détendre le week-end, organisaient des « safaris-bougnouls » dans le métro et en banlieue. « Tu comprends, ma petite, ils viennent nous demander le feu vert, des fois qu'on leur ferait des ennuis côté organisations syndicales, partis politiques et tout le bataclan. Faut bien qu'ils s'amusent, ces jeunes, un peu de castagne, ça fait pas de mal, d'ailleurs, les Arabes ils passent leur temps à se battre, pas vrai, Agenda (c'est son adjoint) ? — Oui, chef », et ils ont arrêté un Noir qui passait. « Allez Blanche-Neige, au mur, discute pas, on te fouille. » Moi j'ai pas osé leur demander ce que ça voulait dire « safari-bougnouls » pour ne pas avoir l'air nunuche, si tu pouvais regarder dans le dictionnaire et me dire...

Un ouvrier, José, il est Portugais, nous a expliqué comment se débarrasser d'une puce : il faut la renverser sur le dos et lui chatouiller le ventre jusqu'à la faire mourir de rire. Comme les puces sont très chatouilleuses, elles ont horreur de ce genre de plaisanterie et sautent ailleurs.

Tu sais, sous le Sacré-Corps-de-la-Pute-Montmartre, le sol est meuble, plastique presque ; c'est pourquoi on l'appelle la colline aux boyaux animés. Quand le métro passe dessous, on doit mettre trois conducteurs, un sur le toit pour prévenir si le tunnel rétrécit, un sous la motrice entre les boggies pour avertir si le sol monte, et un troisième dans la cabine pour prévenir si la voie reste droite et aussi pour tester la bonne qualité des sièges. Pour circuler sous les collines mouvantes de Paris, la Régie a mis au point des prototypes de métros souples, rétrécissables ou allongeables à volonté, capables, grâce à des radars minuscules, de se gonfler, se creuser, se hérisser en accordéon en dix secondes à l'approche des obstacles, et même de se couvrir de chair de poule s'ils ont peur. Quelquefois, les collines se révoltent, essaient de supprimer les tunnels qui les traversent, se referment à leurs extrémités, rapprochent leurs flancs sans crier gare, tentent d'aplatir complètement la rame qui doit s'effiler, s'effiler jusqu'à devenir mince comme une lame de métal pour sortir de ce piège au plus vite. Pour monter dans ce métro, il faut être très mince, capable d'aplatir sa poitrine au maximum, avoir fait des excercices respiratoires très poussés, c'est pourquoi il n'est emprunté que par les fakirs et les yogis.

M. Halte-Là et Mme Siouplait sont contrôleurs de la compagnie pour le réseau urbain. M. Halte-Là et Mme Siouplait ne sont pas mariés mais travaillent toujours ensemble, et ils ont des tas de trucs pour coincer les resquilleurs et les tricheurs. Par exemple, ils s'affalent sur un banc et font semblant de dormir, comme s'ils avaient bu : personne ne se méfie d'eux, on les prend même pour des clochards, soudain, ils se précipitent dans la première rame en partance. Billets, s'il vous plaît, billets, s'il vous plaît. C'est la panique, le fraudeur tente de s'échapper mais c'est trop tard. Ou bien ils se cachent derrière les appareils de contrôle magnétique dans un angle des couloirs, ils voient les gens sauter par-dessus ou rentrer par les portes marquées « Sortie », et hop! les saisissent au collet, l'amende va de vingt-cinq à cinquante sucettes. Quelquefois, t'as droit à une claque en plus, pas toujours, remarque, ça dépend bien de qui tu es. M. Halte-Là et Mme Siouplait eux, en plus de l'amende, ils préfèrent donner des gages. Par exemple, pour un jeune garçon qui voyage en première avec un billet de seconde, le tour de la station à cloche-pied ; s'il rate une seule fois, hop! au commissariat, ou bien la brouette à contresens dans les escaliers mécaniques aux heures d'affluence, ou bien rester dehors sur le marchepied des wagons pendant que le train roule (le plus drôle dans l'affaire, c'est qu'il y a pas de marchepied dans le métro), ou bien sauter de la motrice au moment même où elle entre en gare à grande vitesse. Mais le gage préféré de M. Halte-Là et de Mme Siouplait, c'est de faire traverser les voies à quatre pattes aux délictueux entre deux trains. Ils aiment ça et savent que ça fait rire les voyageurs qui attendent. Cette fois-là, avec nous, ils avaient pris un vieux monsieur qui avait soi-disant perdu son ticket : il était prêt à payer le double de l'amende, à aller à la police même, mais il refusait le gage, se disait très fatigué, sous traitement médical, il sortait des certificats de docteurs, il était tout tassé sur le quai, ses mains tremblaient. « Taratata, a dit Mme Siouplait, vous n'y couperez pas. » « Pitié », disait le vieux monsieur qui transpirait. « A quatre pattes, à quatre pattes ! » criaient les gens attroupés tout autour. « Pitié, pitié ! » « Taratata, disait M. Halte-Là, faites seulement attention au rail central. » Ce monsieur devait être bien fatigué. A l'aller, tout a marché, mais au retour, il a manqué de réflexes, il y a un tout petit réflexe qu'il n'a pas eu, enfin ça a bien amusé les gens, surtout que c'était à une heure creuse où les attentes sont longues. Dans le rapport, M. Halte-Là et Mme Siouplait ont marqué qu'il avait sauté sur les voies. Ils sont très populaires parmi les usagers. On va même jusqu'à leur signaler les resquilleurs, et je crois que la méthode des gages va se généraliser dans tous les chemins de fer.

Mon petit Tubulure adoré, je te serre très fort contre moi et souffle dans tes oreilles pour qu'elles se dégonflent. Je te dirai de vive voix comment nous sommes devenus familiers de la pénombre des tunnels. Je vais préparer les bougies et les papillotes pour le réveillon de ce soir.

Ton amoureuse, Encre-Bleue.

La correspondance s'arrête à cette dernière lettre. La nuit du 31 décembre au 1ᵉʳ janvier, près de la Porte de Chichis, fut très gaie. Avec plusieurs membres du personnel de la Régie entourés de leurs familles. Il y avait aussi le vieil employé qui était venu chaque soir leur raconter de merveilleuses histoires : comme on ne lui connaissait ni famille ni amis, on l'avait invité. Son air débonnaire, ses prodigieux talents de conteur, et pour tout dire un certain charme qui émanait de sa personne l'avaient fait adorer des écoliers. Ils l'aimaient tant qu'ils en avaient presque oublié Kikessessoi. Aussi, quand il leur proposa, vers deux heures du matin, de les raccompagner en métro jusqu'à leur station (lui-même habitait à l'autre bout de Paris, rue du Vieux-Coulomier), acceptèrent-ils sans réticences. D'ailleurs, fatigués par la soirée, bercés par le tangage du train, les huits petits ne tardèrent pas à s'endormir.

Mais le vieil homme, au lieu de les conduire à Treize-Bourres-Ça-m'dit, stoppa le convoi dans une gare déserte, détacha la locomotive du reste de la rame et, reprenant les commandes de sa machine, disparut avec son fret de garnements dans l'effarant dédale du réseau métropolitain.

RIPAILLES AU PONT-NEUF

Ils se réveillèrent chacun dans un lit, au milieu d'une grande chambre longiligne, luxueusement meublée, d'acajou et de bois précieux, qui n'était autre qu'un ancien sleeping dont on avait abattu les cloisons et réuni les compartiments. Près d'eux, portant un immense plateau rempli de bols de café fumant, de tartines beurrées, de petits pots de confiture, se tenait, vêtu d'une élégante robe de chambre, rasé de près, un homme qu'ils reconnurent immédiatement : l'ancien clochard Kikessessoi. Hébétés, les yeux pleins de sommeil, stupéfaits par le décor majestueux de l'endroit, chacun des enfants se demandait s'il n'était pas encore en train de rêver. Mais avant même qu'ils ne posent une question, l'énigmatique maître de maison, tout en distribuant les cafés, leur dit :

« Ceux qui désirent retourner chez eux le peuvent sans problème, après le petit déjeuner. Vous n'êtes pas mes prisonniers, disons plutôt des hôtes. J'ai dû me déguiser en agent de la Régie, jouer l'employé modèle, vous mentir même, mais la franchise aurait tout compliqué inutilement. Nous sommes ici sous le métro, dans une cave secrète que je suis seul à connaître. Ne me demandez rien d'autre, je ne répondrai pas. Vous êtes libres de partir, petits gougnafiers, mais prenez votre temps avant de choisir, laissez la décision balancer entre le oui et le non. »

Et comme personne ne l'interrompait, l'étrange clochard se mit à parler, et ce qu'il avait à dire dura plusieurs semaines, presque tout un mois.

« Quotidiennement, nous côtoyons dans les villes des forces mystérieuses qui nous échappent. Ces forces, la majorité des hommes, par crainte d'autres vies plus vastes, ne cessent de les éviter, de les dévier d'eux-mêmes. Quelques-uns d'entre nous, parfois en saisissent une, l'épuisent, l'abandonnent : cela s'appelle une aventure. La ville, par le pêle-mêle d'activités et d'espaces qu'elle superpose, détient l'avantage de nous offrir rassemblées toutes ces forces.

Mais comment saisir ces énergies formidables, comment ne pas rester en dehors de ces circuits ? Tâche insoluble qui épuise souvent toute une existence. Pour cela, il faut des intermédiaires. Je suis l'un d'eux : voilà l'intérêt principal que je représente. Je vous ouvre à des mondes qui vous sont inconnus. Si vous acceptez de rester, je serai l'initiateur d'univers mystérieux, vous serez la troupe babillante et rieuse qui animera ces galeries souterraines. Votre seule présence, d'ailleurs, modifiera ce que nous verrons.

Par exemple, et pour commencer, tous les ogres ne

sont pas des malotrus, loin de là. Il en est même de très polis, de très savants. Etre un ogre aujourd'hui requiert plus de tact, d'intelligence et de talent que la moyenne des métiers : il faut non seulement concilier des appétits démesurés avec les mécanismes commerciaux de notre société, mais aussi contourner le terrible ordre familial qui fait des enfants la propriété exclusive de leurs parents, bref, il s'agit d'être en permanence un politicien habile et un homme d'affaires avisé.

Ainsi de Possession Orale, ogre urbain (cousin du malheureux Célestin Badoit qui finit dévoré par sa propre mère), et qui, dans sa jeunesse, a hérité de son oncle Burobossdur la jolie fortune de plus de quatre millions de calembredaines (au cours actuel), soit plus de soixante-dix millions de lardons (U.S. lardons) qu'il a convertis moitié en actions International Bananas, Pine-Apple, Mangus and Groseille à Maquereau, Anonymous Sirloin Steak, United Mushrooms, Kleenex and Ketchup Delivery, et moitié en argent de poche, billets et pièces conjointes. Possession Orale a fait des études de marketing, des séjours dans toutes les tribus cannibales du monde ; et s'il habite à Paris, dans une arche du Pont-Neuf, un magnifique appartement pourvu de trois entrées secrètes dont l'une est reliée à la station Châtrez-les, la seconde au square du Vert-Galant, la dernière à la cave d'un immeuble de la place Dauphine (ces trois entrées sont dissimulées par des portes coulissantes insérées dans la pierre), c'est qu'il a ouï dire qu'en cette ville, beaucoup de parents désirent abandonner leurs enfants, et qu'il y a là une prodigieuse population de bambins et bambines esseulés, errants, plus nombreux encore qu'à Londres, Berlin et Madrid. Possession Orale a longtemps hésité entre deux solutions : ou devenir fonctionnaire, directeur d'un orphelinat, d'une maison de correction, d'un C.E.S. ou d'une maternelle, et donc puiser à la source, prélever chaque mois sur ses pensionnaires, les meilleurs, les plus dodus (solution facile, sans risque, impunité garantie) ; ou bien se mettre à son compte, monter de toutes pièces une profession libérale, ouvrir un cabinet d'ogritude ayant pignon sur rue, deuxième voie qu'il a finalement choisie pour son côté aventureux, pionnier. Possession Orale a fait distribuer dans toutes les boîtes aux lettres de Paris (banlieue comprise) des prospectus à en-tête où était imprimé en lettres gothiques le texte suivant :

Possession Orale, Bon Géant d'Appétit Fameux et de Grande Bourse,
Débarrasse caves, greniers, soupentes, chambres, cagibis, salons
De tous enfants, marmots, mouflets, miochons, diablotins, pinioufs de petite taille et de haut caquet.
Familles nécessiteuses, filles-mères, pères célibataires, parents lassés, géniteurs accablés,
N'abandonnez plus vos enfants sur les marches des églises, les poubelles, les cuvettes de W.C., les maisons de charité,
Vendez-les à Possession Orale, philanthrope.
Bon prix selon le poids, l'état des peaux et de la chair.

Au-dessous, en d'autres caractères, est donnée l'adresse de la Bourse — car c'est dans ce temple des échanges marchands que Possession Orale a décidé d'effectuer ses propres transactions. Il s'installe chaque matin près de la corbeille centrale, une grande affiche marquée : « Possession Orale » devant lui, une balance à ses pieds. Et là, des parents, des adultes lui apportent leurs petits. Il les pèse, les mesure, vérifie l'haleine et la dentition, leur pose quelques questions d'ordre général (au bout de combien de temps un corps plongé dans l'eau est-il considéré comme perdu ? quelle est la couleur du lilas ? quel est l'âge de Dieu ?) puis il fixe un prix que les parents discutent. Si les deux parties tombent d'accord, le gamin est laissé à l'ogre qui paie comptant en calembredaines, U.S. Lardons ou mouillettes. Les parents signent un reçu, une décharge dûment enregistrée devant huissier, l'affaire est traitée. Un véritable réseau de vente aux enchères s'est mis en place, et Possession Orale, devenu fameux dans le Tout-Paris des chaumières et des alcôves, se trouve de nos jours maître de tout un cheptel de frimousses blondes, brunes et bouclées. Mais laissons-lui la parole, il parlera mieux que je ne puis le faire.

JOURNAL DE POSSESSION ORALE

7 janvier

Voilà plus d'une heure que j'ai mis à cuire ce pot-au-feu. De la cuisine dont j'ai laissé à dessein la porte entrouverte, m'arrivent en flots irréguliers les parfums de cet enfant coupé en morceaux, mêlés aux doux effluves du thym, de la ciboulette, du romarin, des carottes et des poireaux. Une chose me chiffonne cependant : l'os à moelle sera-t-il substantiel ? C'est là mon plat préféré, j'ai déjà préparé les tartines grillées que j'ai recouvertes d'une légère couche de moutarde de Dijon — mais je crains qu'en raison de la finesse de ses jointures, ce garçon n'ait que peu de moelle à sucer. Ah ! comme je rêve d'un être qui, à la place du sang, n'aurait dans les veines que cette gélatine brune qu'un charcutier habile pourrait transformer à sa guise en longs boudins aromatisés : la moelle dans les artères, le sang dans les os, cette métamorphose, si quelque créateur voulait la tenter, rencontrerait mon adhésion enthousiaste. Allons, ne geignons pas, et avant d'imaginer de nouveaux objets, épuisons d'abord ceux qui existent ici-bas. Il y a plus d'enfants sur terre et dans les cieux, ô mon cher moi-même, que n'en pourront jamais contenir tes fourneaux et ton estomac.

Ce matin, je lisais comme à l'habitude les quotidiens auxquels je suis abonné : Chair Fraîche, le Père Fouettard, la Mère Soiffarde, Babines : *partout à la une, le même gros titre, l'histoire lamentable de cet ogre venu de province qui s'est fait dévorer par une de ses victimes, un garçon de dix ans. Pauvre type! Voler les enfants (dans un sac de pommes de terre, de surcroît), les ramener à sa vieille mère (ces relents œdipiens me dégoûtent et vont rameuter, je le sens, toute la clique freudienne de la capitale), se laisser enfermer dans le four comme un geôlier dans sa prison, quelle honte pour la profession! Cela va contribuer à nous rendre un peu plus odieux auprès de l'opinion publique. Nous devrions faire la discipline dans nos propres rangs et liquider ces survivances moyenâgeuses. Il serait temps que l'image traditionnelle de l'ogre disparaisse de l'esprit des gens. Je pense à tous ces archétypes inexacts que colportent inlassablement les contes pour enfants : voyez Perrault, Barbe-Bleue, le Petit Poucet (dont on a d'ailleurs totalement inversé l'histoire : il ne sème pas des cailloux pour retourner chez lui, mais pour être suivi par l'ogre, car son plus cher désir, quoi qu'il en ait, c'est malgré tout de s'engouffrer dans cette bouche vertigineuse) ; même l'ogre de Sade dans Juliette, ce Miskin slave, n'est qu'un fantoche grossier destiné à indigner le lecteur : il n'y aurait là qu'un humour un peu simplet s'il ne perpétuait un préjugé néfaste. Comment ignorer cependant que la situation a changé? Que nous nous adaptons mieux que quiconque au monde moderne? Que sans renoncer à nos goûts, nous voyons au contraire la société nous donner les moyens de les satisfaire, voire même de les étendre? L'ogre est aujourd'hui un homme ordinaire. C'est même cette fantastique banalité qui le rend redoutable (voyez Hitler). Moi-même, par exemple, je mesure 1,80 m, je suis mince et peu sportif (je ne saute que soixante-dix centimètres en hauteur). Je me rase tous les jours, porte des jeans. Il m'arrive d'aller au cinéma et, chaque été, je pars un mois sur la Côte. Comment pourrait-on dire après ça que je ne suis pas le plus normal des Français? De plus, j'aime les épinards, les choux rouges, les concombres à la crème, les flocons d'avoine, les sucreries, les pâtisseries, les petits choux, j'apprécie la friture et le rôti, le bouilli et la farce, le ragoût et la grillade ; je me délecte aussi de poissons, de soupes d'asperges. Je raffole des épices (ah! pouvoir troquer les transports en commun pour des transports au cumin !). Je bois des vins fins, des alcools précieux (je commande ma vodka directement en Pologne, mon rhum directement à la Martinique, mon ouiski directement en Ecosse, mon eau plate directement au robinet). Bref, les ogres ne sont plus des brutes sanguinaires, asservies à des instincts frustes et immédiats. Même le taux d'alphabétisation ne cesse de monter parmi eux : mes congénères sauront bientôt tous lire, écrire et compter.*

J'admets que l'avalement est une possession sommaire qui ne se satisfait que d'anéantir sa proie. Je conçois naturellement très bien d'autres formes d'ogritude, où la dévoration proprement dite se trouve suspendue : je pense à ce pasteur anglais qui ne se lassait pas de photographier des petites filles, à cet autre qui fixe sur la pellicule des dizaines de corps de garçons nus, à tous les pédérastes qui jouissent génitalement des impubères, à tous les conteurs qui captivent leur auditoire puéril par l'habileté de leur verbe. Si, pour moi, je mange les enfants qui me sont présentés, c'est que je les aime trop pour supporter de les voir grandir. Je redoute la déformation que l'âge apporte à ces physionomies gracieuses, et, à la moindre mue, je me hâte de les dévorer avant que le temps n'efface cette jeunesse et cette perfection. Qui sait si, de cette manière, je ne contribue pas, plus que tout autre, à accélérer leur réincarnation sous d'autres formes ? Il me plaît de m'imaginer parfois comme une forêt ou une vallée grouillant d'une multitude d'elfes et d'esprits, bruissant de leurs jeux innocents ; puisque ma chair est faite du sang de mille petits garçons et filles, je suis à moi seul toute une population de tabliers fleuris, de socquettes blanches, de fonds de culottes, de petits nez rougis par le froid, de fous rires éclatants, et peut-être qu'au jour de ma mort sortira de mon cadavre refroidi, joyeux et animé, tout le cortège enfantin qui fait aujourd'hui l'ordinaire de mes menus. De la sorte, j'aurais approché une espèce — et pas la moins noble — d'immortalité. On ne devrait pas enterrer les êtres chers qui vous quittent, mais les manger.

11 janvier

Ce matin, j'étais d'humeur à jouer, et comme rien ne me pressait, je suis allé au Fort-Homme-des-Halles voir les combats d'enfants. Les luttes durent de dix heures à midi, le mercredi seulement. Elles ont lieu sur l'esplanade souterraine, vaste salle des Pas perdus où sont posées ici et là de grosses coccinelles rouges qui sont autant de magasins ou de stands publicitaires. Le ring est délimité par des balustrades circulaires sur lesquelles sont placardés les avis suivants : PARIEZ VITE, JOUEZ PLUS. *Des bookmakers aux insignes de la R.A.T.P. passent devant les spectateurs en hurlant les numéros des gamins qui vont s'affronter, suivis de près par des vendeurs de hot-dogs, de coca-cola, de camembert, de vin rouge. Un haut-parleur diffuse à pleine voix des rocks primaires, carrés, sur lesquels se balancent des teenagers langoureux en suçant des glaces à l'eau. Les combattants sont des deux sexes, ont entre huit et douze ans. Ils sont enfermés entièrement nus depuis le matin six heures dans des cages en osier; quand on les délivre, on attache à leurs poignets et à leurs chevilles de fines lames de rasoir de dix* centimètres de long dont le bord tranchant est tourné vers l'extérieur, de façon qu'au premier contact les assaillants qui s'affrontent à mains nues se blessent, s'entaillent et ne cessent de s'ouvrir le corps. Tout est calculé pour que la bataille n'excède pas cinq minutes : il y a beaucoup de jouteurs à faire passer, et les paris doivent se renouveler rapidement. Ces batailles remportent un succès inespéré : depuis que la ville de Paris, avec le soutien du ministère de l'Economie politique, les a inaugurés il y a deux ans (en partie pour donner leurs chances aux fils et filles de chômeurs, et aussi pour animer le métro), ce divertissement, nouveau en Europe, est devenu aussi populaire que le tiercé ou la loterie. On y vient en famille, on y emmène des écoliers, des nuées de touristes.

Ce matin, les premiers affrontements sont d'un intérêt relatif; des enfants de toutes nationalités y participent, comme je le lis sur le programme : Maliens, Grecs, Yougoslaves, Maghrébins, mais je remarque aussi une forte proportion de jeunes Français, pour la plupart, je pense, originaires de la campagne, aux pommettes très rouges, aux attaches puissantes. Tout cela est trop rapide, attendu, puisque la victoire revient toujours au plus fort. Après dix minutes, les animateurs jettent sur le sol de terre battue des litres d'eau pour en faire de la boue et rendre l'équilibre des combattants plus précaire. C'est alors que j'ai parié : délibérément sur les plus faibles. Et le hasard m'a toujours récompensé : le clou du spectacle a été l'affrontement d'une petite fille de neuf ans, Fatia, du Maroc, avec Enio, Sicilien de onze ans, robuste gamin au cou épais. Le garçon disposait d'un énorme avantage physique, mais son adversaire, très souple, a su mettre à profit la mouvance du terrain. Longtemps l'enjeu est resté indécis, les deux gladiateurs miniatures se contentant d'esquiver les coups qu'ils tentaient de *se porter. Enio est tombé une première fois, un coup de rasoir lui a tranché les phalanges de la main gauche, il a de nouveau trébuché peu après, et un coup de pied contourné lui a arraché la joue ; enfin, la troisième fois, Fatia a entaillé si profondément sa cuisse que l'artère fémorale a été atteinte : le garçon s'est évanoui presque instantanément. Les spectateurs se sont tous levés, enthousiastes, les immenses voûtes de la station ont résonné de leurs cris, de leurs applaudissements. Fatia a été portée en triomphe, elle a eu un gracieux sourire pour remercier cette foule qui la célébrait comme une reine, ses parents debout près de la tribune des officiels pleuraient d'émotion, il y avait là une scène charmante. C'est que, selon le règlement, la victoire d'un poids plume sur un poids lourd dispense le premier d'autres combats ; Fatia va toucher un gros cachet, et elle risque tout au plus d'être louée comme appât pour un safari. Nous avons longtemps acclamé la petite héroïne, à tout rompre. Je crois que personne n'a remarqué l'arbitre, qui, dans un coin de la piste, achevait Enio au revolver avant de le jeter dans un chariot-benne qui transportera tout à l'heure tous les vaincus à la morgue. J'ai encore gagné trois fois par la suite, principalement sur des filles et, quand midi a sonné, j'ai invité le dernier vainqueur, Mouloud, dix ans, originaire de Constantine, bel enfant aux lèvres pleines, aux doux yeux amandins, au sexe déjà très développé, à venir boire un citron-grenadine à la cafétéria de la station. Son patron me l'a loué une heure pour cent francs flançais. J'ai dit à Mouloud que j'étais un ogre et que j'avais déjà ingurgité beaucoup de petits garçons comme lui. Il a ri aux éclats, la conversation a été très gaie, et quand nous nous sommes quittés, j'ai promis à mon nouveau camarade de revenir mercredi prochain, s'il n'était pas mort d'ici là.*

Post-scriptum : Pourquoi les marmots préfèrent-ils un ogre qui les dévore à des parents qui les aiment ? C'est toute l'énigme de ma vie.

18 janvier

La lecture des journaux m'emplit de terreur : une statistique m'apprend qu'en France plus de quatre mille enfants sont chaque année battus, maltraités par leurs parents. Quarante pour cent meurent des sévices endurés, trente pour cent restent infirmes à vie ! Par exemple, une mère fait éclater la rate de sa fille à coups de pied parce que cette dernière pleurait ; un père tue son fils de sept ans à coups de cravache, motif : il geignait trop ; un autre fait six fractures à la jambe de son bébé de six mois et lui enfonce la cage thoracique : il avait des doutes quant à sa paternité. Les voisins n'interviennent pas, et il est très rare que les bourreaux soient inquiétés par la justice. Je ne me lancerai pas dans un long plaidoyer contre la famille monogamique, morceau de bravoure de n'importe quel plumitif contestataire ; j'ai simplement envie de crier, de hurler : « Si vous ne supportez plus vos enfants, ne les battez pas, vendez-les ou échangez-les. » C'est tellement plus simple ! Puisqu'il y a des gens comme moi qui sont prêts à les acheter à bon prix ou à les troquer (contre un piano, un meuble ancien, une télévision, un crédit chez Darty, de l'épicerie fine, que sais-je ?), acceptez donc de commercialiser vos colères, monnayez votre pulsion de mort au lieu d'en faire pâtir des êtres faibles qui n'ont jamais demandé à naître. L'intérêt des deux parties veut que les passions de chacun soient différées dans la médiation de l'argent. Mais l'intérêt des passions de chacun veut aussi qu'un moyen comme l'argent leur permette de s'étendre, de se développer en tous sens. Voyez comme *la situation évolue pour le plus grand bonheur de tous. Il est possible aujourd'hui d'adopter un petit Thaï ou un petit Cambodgien, Vietnamien, Malais, pour cinq mille U.S. lardons. Toutes taxes comprises. A ce prix-là, n'avez-vous pas envie d'avoir beaucoup d'enfants ? Et même de garder le dernier, de l'aimer d'affection ? Que des rapports marchands remplacent des rapports de terreur ou de pillage, je suis le premier à m'en réjouir. L'ordre du contrat se substituant à l'arbitraire, quel immense progrès ! Ainsi, à moi seul, dans les quelques quartiers de Paris que j'écume, j'ai suscité un extraordinaire mouvement de sympathie envers la procréation : les grossesses sont accueillies avec des bénédictions, garçons et filles refont des enfants dans la joie. Et comme ils ont raison, puisque cela leur rapportera beaucoup d'argent ! J'ai institué au fond le salaire-maternité : il est naturel qu'aujourd'hui tout se paie y compris neuf mois de grossesse et quelques secondes d'émission séminale (on devrait même payer les tentatives avortées de conception, ce qui reviendrait à donner de l'argent aux couples chaque fois qu'ils font l'amour). Finies donc la cérémonie sinistre de l'avortement, l'angoisse des règles qui n'arrivent pas : futures mères, gardez vos fœtus, je paierai leurs frais d'entretien, je paierai leur naissance. Laissez-les vivre, laissez-les grossir afin que je les accueille chez moi, frais et dodus. (Naturellement, pour les classes aisées, je lève les prix. Mon sens de la justice sociale me dicte cette hausse. Je pratique également le système du mont-de-piété : un père endetté vient me remettre son fils ou sa fille contre une somme d'argent. Nous convenons ensemble d'un délai, en général deux mois pendant lesquels l'enfant est envoyé à la campagne chez un ami à moi. La date passée, si le père n'est pas solvable, ses rejetons deviennent ma propriété.)*

Post-scriptum : Une légère crainte m'assaille quelquefois :

si les parents (les producteurs) s'alliaient entre eux pour faire pression sur le marché? Car s'ils décidaient soudain d'augmenter le prix des marchandises, le pauvre consommateur que je suis ne devrait-il pas s'incliner? Et là, pas question, comme pour le pétrole, de chercher des énergies de substitut. Ce que je veux, ce sont des enfants, ni des cochons de lait, ni du mouton, ni des bœufs, ni du veau. Des enfants et rien d'autre. Pourvu que l'idée ne leur vienne pas à l'esprit!

19 janvier

Ces jours-ci, j'ai un appétit absolument inouï, incommensurable. J'ai tellement faim que, généralement, je me remets à table une minute après en être sorti. Il m'arrive même parfois d'y retourner une minute avant de l'avoir quittée. Je m'émerveille moi-même. Je dois faire double course, dépenser double argent, mettre double couvert. Je passe toutes les matinées à la Bourse, d'où je reviens vers midi avec trois ou quatre petits qui me font à peine deux jours. Je me demande d'où me vient cette boulimie impromptue : sommes-nous entrés dans une période de pleine lune? Je consulterai le calendrier.

Mon père — je vais parler de lui : d'abord, c'est aujourd'hui l'anniversaire de sa mort, il est tombé il y a quinze ans dans la chaudière d'une locomotive à vapeur, et puis il est de bon ton de dire d'où l'on vient —, mon père donc était un ogre lui aussi. Un pur hasard, croyez-le, mais par respect, j'ai suivi la même voie, enfin presque, car l'auteur de mes jours était plutôt du genre croque-mort, il avait la désagréable habitude d'épingler ses victimes au mur, et préférait les joies de la collection aux plaisirs de la bouche. Il ne mangeait jamais, ou rarement, les jeunes personnes que ses rabatteurs lui apportaient ; il les faisait vider, empailler par ses embaumeurs, et choisissait parmi les quatorze pièces de son château un emplacement où les mettre en valeur. Mais je crois qu'aucun de ses visiteurs (tous ogres également) ne regardait sans dégoût cette exhibition d'enfants momifiés, d'yeux glauques, de membres roides, qui faisaient de la maison paternelle un capharnaüm blafard, à mi-chemin entre le musée Grévin, la morgue et le temple pharaonique. Mon père exultait dans ce décor : la chair ne l'intéressait que morte, seule l'enveloppe avait le don de l'animer. Au fond, à l'égal d'un quelconque Don Juan, il était pris de la passion du nombre : en cela tout à fait monstrueux, au sens étymologique du terme, tout à la joie de montrer ses captures.

Je vois mieux désormais ce qui nous séparait, lui et moi, malgré notre lien de parenté ; alors qu'il entassait, accumulait des cadavres, mon souci primordial est de rester branché sur l'élément enfantin, connecté à cette source vive, jamais coupé de la masse fraîche et mouvante des petits corps. L'indifférence aux enfants est telle, à notre époque, que nos mythologies ne suscitent même plus d'ogres et de sorcières — c'est-à-dire de liens passionnels forts entre les mondes adulte et puéril —, mais seulement des monstres froids, bureaucratiques : l'éducateur, le moniteur, le maître, le psychiatre, l'analyste, le docteur. Bien sûr, j'aime dévorer les enfants, enfoncer mes dents avec une volupté gloutonne dans leurs entrailles fumantes, mais je ne me mets jamais à table sans les avoir longtemps regardés, caressés, fait rire. Cette viande que je mâche plus tard, dont je bois le sang à longs traits, cette viande me parle. Je la dévore affectueusement, je retrouve en elle les particularités, l'espièglerie, les expressions de l'enfant qu'elle enveloppait.

Dès qu'un loupiot m'est vendu, je lui raconte une ou plusieurs histoires dans lesquelles il pourra lire en filigrane le destin qui sera le sien : je ne l'immole pas sans l'avoir fait passer auparavant par tous les états de la peur et de l'émerveillement. Ces derniers jours, pourtant, je n'ai plus beaucoup d'imagination. J'avais hier un petit blond de sept, huit ans, naïve frimousse couverte de taches de son; voulant le divertir avant l'heure du dîner, je lui ai préparé un chocolat bien chaud, et lui ai raconté ceci (dont j'avais emprunté l'argument à une scène de Sans Famille*) :*

« C'est une crêpe qui n'était à l'origine qu'un mélange de lait mousseux, de crème jaune, d'œufs frais et de farine blanche, et qui devient avec le temps, à force d'être battue, mélangée, mixée, une belle bouillie jaunâtre. Puis cette pâte est versée lentement dans une poêle où l'on fait frire du beurre, et le beurre se retire devant l'inondation blanche, et le beurre se frange d'un cercle roux. Et l'épais liquide s'arrondit, et la main qui tient la poêle la dégage du feu et fait sauter la crêpe, doucement d'abord, dans les airs, et la crêpe se sent des ailes et monte et monte, et rencontre en chemin une mouche :

— Dis-moi, volatile, demande-t-elle, y a-t-il un lit là-haut pour m'accueillir et des gens pour m'éventer ?

— Non, dit la mouche en zigzaguant, il n'y a rien de tel là-haut, car tu vas retomber dans ta poêle. »

A peine a-t-elle terminé sa phrase que la crêpe atterrit dans l'ustensile de cuisine. Alors, la main qui tient la poêle fait sauter la crêpe une seconde fois.

« Comment savais-tu ? demande la crêpe à la mouche dès qu'elle l'a rejointe.

— Ce n'est pas la première fois que l'on cuit des crêpes ici.

— Vais-je retomber maintenant aussi ?

— Jamais plus tu ne remonteras.

— *Au secours ! hurle la crêpe, et elle choit lourdement dans la poêle où la main experte l'a rattrapée.*

— *Encore, encore, crie la crêpe, faites-moi sauter, je ne suis pas assez rissolée !* »

La main, amusée par cette galette bavarde qui dose sa cuisson, l'expédie dans les airs. La crêpe s'envole, s'envole.

« *Pourquoi, demande la mouche, s'obstiner à voler quand on est aussi plate ?*

— *Tais-toi, volatile, je suis une île flottante, un tapis de sucre...* »

Et ploc ! la crêpe se colle au plafond.

« *Plus haut, plus haut, supplie-t-elle, j'ai besoin d'air, de vent.* »

Mais le plafond tient bon, et c'est la crêpe qui se ratatine, se décolle et finit par retomber, mais par terre, sur le carrelage froid où personne ne la regarde plus. Elle meurt dans un grand frisson de pâte racornie, et la petite mouche vient pondre ses œufs dans ses trous.

« *C'est tout ?* » m'a demandé le petit garçon.

J'étais interloqué.

« *Tu ne connais pas des histoires de Bruce Lee ou d'Indiens ? a-t-il poursuivi. C'est plus marrant que ta crêpe.* »

Cette réflexion m'a ulcéré : alors, sans réfléchir, j'ai pris la grosse massue derrière la huche à pain et je l'ai assommé d'un grand coup sur le rocher. Résultat : le soir, au dîner, la viande était mal apprêtée ; il avait fait une hémorragie interne, le sang avait gâté toute la chair. Ça m'apprendra à ne pas me contrôler. Et à raconter n'importe quoi.

21 janvier

Sortant de chez moi, ce matin, je marche le long des quais, m'accoude sur le parapet du pont d'Austerlitz, il fait beau, je suis pris insidieusement par des idées de rapt : je m'imagine, géant, en train de marcher dans les rues un filet à la main. Chaque fois qu'un métro traverse le viaduc, je le retire de ses rails et le secoue dans mon épuisette. Alors, je m'amuse à trier les voyageurs, je garde les enfants, remets sur la voie les adultes, les vieillards, les adolescents. Mon choix fait, je m'enfuis dans les rues avec ma cargaison de petits corps rieurs, effarés, rouges d'émotion. Ou bien — variante du même songe — je suis assis sur les quais, mes pieds dans la Seine, et je pêche au moulinet le métro aérien qui traverse le fleuve. Le wagon de tête mord à l'hameçon, je réenroule le fil, le convoi est soulevé dans les airs, se tortille comme un petit serpent et se vide de ses éléments les plus lourds, ne gardant à l'intérieur de soi que les organismes légers, ossatures graciles et vivaces. Alors, je prends le train sous mon bras et l'emporte chez moi, impatient d'explorer au téléscope toutes les merveilles qu'il renferme. Il y a toujours un moment où la cérémonie du contrat fatigue, et où l'envie du pillage reprend le dessus : l'idéal serait l'alternance rapide de l'un et de l'autre.

Cette idée aberrante que le corps des enfants est incomplet quand c'est tout le contraire : il est l'harmonie même, la perfection de l'équilibre. C'est l'adulte ensuite qui, en vieillissant, manque de plus en plus de cette pureté première. Entre six et douze ans, petits garçons et petites filles sont en soi des merveilles d'architecture achevées : rien en eux de superflu, de saillant qui choque ou froisse l'œil. Quelle dégoûtante habitude nous avons de les regarder du point de vue de leur développement futur, comme s'ils étaient hantés par le corps qu'ils vont devenir! Hélas! les bambins ont la désagréable manie de grandir, et aucune science n'a trouvé le moyen de les fixer pour l'éternité dans leur être d'enfants (car telle serait la véritable immortalité : non pas vivre jusqu'à 2 ou 300 ans, mais avoir huit ans pendant deux siècles). L'appareil génital chez le garçon est bien ce qu'il y a de plus curieux : il est un jet d'eau solidifié ; il a exactement la forme de l'urine qui s'écoule de lui, ce qui lui confère cette courbe si gracieuse. C'est un sexe qui tient, comme on le dit des seins d'une femme ; il n'est pas encore ce boudin blafard qui ballottera plus tard entre les jambes de l'adolescent. Comme si le pendouillement informe était le prix à payer pour l'érection. Non, entre trois et dix ans, il est cette charmante virgule, ce petit nez qui jaillit de deux pommettes saillantes, c'est la trompe du ventre, un visage à lui seul qui fait véritablement concurrence à celui du haut. Et quand cette petite verge se soulage, elle devient antenne, élytre, s'anime comme la plus belle parole que le bas du corps est capable d'émettre, réellement ventriloque cette fois, au sens littéral du terme. Quant aux petites filles, leur ventre est un trésor d'odeurs et de chaleurs : là, pas d'appendice visible, à notre sens grossier de la visibilité, mais une moisson de généreux parfums, mélange de l'acide, du douceâtre et du plus fin sucré, qui saisissent le nez dès qu'il approche du nombril ; et ce graphisme fascinant, cette tirelire charnue qui va du pubis au bas du dos, les secrets qui se dissimulent sous l'apparent mutisme de ces bourrelets frileusement serrés l'un contre l'autre, l'embryon clitoridien, la dépression vaginale, la rosace de l'anus, trésors que j'aime à lécher, à fouiller de ma langue délicatement, dont je recompose dans ma bouche toute la floraison, dont je hume les mille senteurs, gouttes d'urine déposées, transpiration légère, humidifications, effluves fécaux atténués. Et une petite fille qui urine, accroupie, ce jaillissement d'or sous elle, comme si un fil à plomb vérifiait son centre de gravité, ce bruit de fontaine impétueux, tranchant, qu'accompagne quelquefois un large pet sonore, joyeux, n'est-ce pas la vie qui jaillit, là, pétulante, emportée, généreuse ? D'ailleurs, je ne dévore jamais un petit sans avoir auparavant bu le contenu de sa vessie car ce liquide, avec tous ses composants, son goût très particulier, me réjouit, m'ouvre l'appétit, me creuse l'estomac. Ainsi, quand l'enfant vient sur ma table, découpé, ficelé, rôti, garni de choux-fleurs ou de salsifis, selon la saison, grillé, doré au four, assaisonné, embaumé d'épices, c'est un fragment de corps que j'ai aimé, embrassé, étreint, d'un corps qui a trépassé entre mes bras et dont j'ai recueilli, parce que j'en fus l'artisan, le spasme final.

Parfois, quand un gamin ou une fillette m'ont particulièrement ému, je garde la partie inférieure du tronc dans un bocal de formol. C'est une fantaisie que j'ai dû hériter de mon père, et c'est bien la seule ; ou bien, dans leur colonne vertébrale, leur crânelet, leur fémur, je sculpte des dés à coudre, des cendriers, des bouquets de rotules, des couverts, parfois un bol sur lequel je grave les initiales de l'enfant et la date de sa disparition. Ainsi, agité de plusieurs temps, habité de l'intérieur et de l'extérieur d'une nombreuse famille, j'inverse l'image du patriarche : aucune descendance, aucun peuple ne naîtra de moi. Je suis, au contraire, la bouche vorace en qui s'engloutissent et s'abîment les générations, celui vers qui afflue la foule bariolée des enfants pour y disparaître.

23 janvier

*Je remarque que le début du XX*ᵉ *siècle a été marqué par deux phénomènes : l'aviation et le métro, la découverte de l'air et des sous-sols. Notre vie est désormais étagée sur deux ou trois niveaux, nous changeons d'altitude plusieurs fois par jour.*

Le métro est une rêverie anale de la terre : à la fois l'excrément et le conduit qui l'évacue. Est-ce pour cela qu'avec ses carreaux de céramique blanche il ressemble à de gigantesques toilettes aseptisées ?

On a prétendu que la construction du métro se justifiait par le manque de place dans les villes et l'encombrement excessif des rues. C'est le type même de l'explication primaire et incorrecte. Le métro n'est qu'un aspect parmi d'autres (les gratte-ciel, par exemple) du tentaculisme urbain : il prouve que la ville veut tout posséder : le haut et le bas, l'horizontal et le vertical, qu'elle est un espace totalitaire.

Ce chemin de fer souterrain, je ne me lasse pas de le prendre, je ne me lasse pas non plus de le haïr. Et ce ne sont pas les dérisoires tentatives d'animation de la Régie, appel à des peintres, à des chanteurs ou des poètes officiels, quand chaque jour les flics embarquent les musiciens sauvages, les dessinateurs de trottoir, les clochards, qui me feront changer d'avis. Au contraire, plus le métro deviendra fonctionnel, automatisé, cool, profilé, plus le besoin de le dérégler, de le détruire grandira : chaque fois qu'augmentera son caractère d'utilité, augmentera aussi le besoin de le rendre inutile. Produire de la cohérence, voilà l'obsession de la Régie. Briser la monotonie, telle est celle des usagers. Entre les deux, il ne peut y avoir qu'antagonisme.

Ce n'est pas l'artifice du métro qui est déplorable, c'est le choix de l'artifice le plus oppressant, le plus uniforme, le plus bête (hantise de la rentabilité, transformation de ses murs — autrefois immenses imageries d'Epinal — en simple catalogue de mise en valeur des marchandises). Ce qu'il faudrait, c'est une pluralité d'artifices les plus divers : je pense au luxe majestueux du métro de Moscou, éclairé de lustres de cristal, à ces cathédrales de marbre et de lumière que sont les grandes stations dédiées aux nouveaux tzars, vestiges du rêve impérial des dictateurs communistes, métropalais qui enivrent, émerveillent et contrastent tellement avec la foule pauvre et harassée qui les parcourt qu'on croit d'abord à quelque invasion de gueux, renversement de régime, tant cette plèbe paraît déplacée là. Puis on comprend très vite que le métro est une compensation, le seul luxe du travailleur qui, de son usine grise à son minuscule appartement, se donne quelques minutes par jour l'illusion d'appartenir à une nation égalitaire, d'être lui-même un citoyen aisé, membre d'un pays d'abondance où la richesse est partagée entre tous. Métromensonge, mais qu'importe ! Cette beauté devrait faire réfléchir, il faut rendre au mouvement toute sa solennité. Seul le métro, moyen de migrations collectives, peut faire de l'espace urbain un lieu de nomadisme infini.

Tiens, je lis dans la presse de ce matin, que neuf enfants ont disparu sous Paris ! Cela paraît invraisemblable ! Un vieil employé de la Régie, au passé irréprochable, se serait également fait la belle. Y a-t-il un lien entre ces deux affaires ? Ces neuf-là, s'ils me tombent sous la main, je me les déguste gratis. Penser à demander à mon copain clodo, Kikessessoi, s'il ne les a pas aperçus. Lui refiler un gros pourboire pour lui délier la langue. Ou lui apporter une bouteille de Château-la-pompe. Ou les deux.

24 janvier

Cette semaine, le sens du jeu et mon bon cœur l'emportent sur mon appétit. A tous les mouflets que j'achète, je laisse une chance de ne pas être dévorés : c'est à condition qu'ils me ramènent dans les trois jours un autre enfant replet et de leur gabarit. Tel est le marché que j'avais proposé hier à ma première candidate, Sophie, une belle jeunesse de sept ans, que ses parents, de riches bourgeois du parc Mon-Seau-et-ma-Pelle, m'avaient vendue, assez cher d'ailleurs, le matin même. Je lui exposai donc les règles du jeu et, pour parer à toute tricherie, lui signalai que je la suivrais pas à pas dans sa quête, un revolver à la main, prêt à l'abattre à la moindre tentative de fuite. Naturellement, elle s'est mise à pleurer, m'a supplié de l'épargner, de la laisser partir, en secouant ses beaux cheveux châtains qu'elle avait très longs. Je lui ai préparé un chocolat et lui ai dit que, dans ces conditions, je la cuirais ce soir sans problème. C'était une ruse assez grossière, mais elle a marché. Sophie a levé vers moi des yeux épouvantés et m'a dit d'une voix aphone : « Laissez-moi une chance. »

Une heure plus tard, nous étions dans cet infâme sorbet à l'orange qu'est la station Pond-Un-Œuf, à laquelle j'ai un accès direct grâce à une galerie qui part de chez moi, passe sous la Seine, et qui n'est signalée sur aucun cadastre de la ville (en fait, elle daterait de l'époque romaine). Les quais étaient presque vides : une paire d'hommes, trois vieilles dames, quatre adolescents boutonneux, les murs couverts de publicité. Elle monte dans la première rame, un train gris métallisé d'une laideur hors concours, je monte aussi. Elle est crispée, se ronge les ongles, regarde à droite et à gauche, laisse passer Balai-

Loyal, Pis-Humide, hésite à Au-Pied-Gras, s'élance au-dehors, je n'ai que le temps de sortir, a-t-elle voulu me semer ? Allons, pas de délire de persécution, elle s'engage dans les couloirs de correspondance, un jeune garçon, cartable accroché dans le dos, arrive en sens inverse, elle l'aborde, conciliabule, il a l'air effrayé, fait non de la tête et repart, elle hausse les épaules, tourne vers moi des yeux pleins de larmes, je l'encourage d'un sourire, je veux qu'elle persévère, un petit brin de fille comme elle doit bien pouvoir accrocher et séduire n'importe qui, et je suis curieux de savoir ce qu'inventent les enfants, la foule se fait plus dense, il est près de 4 heures, nous arrivons sur les quais de la ligne 7, direction Porte de la Fillette, je me colle à elle tant je crains de la perdre, un train passe, crache un flot de voyageurs, en avale un autre, de nouveaux réapparaissent immédiatement et se répandent comme une nappe d'huile, l'entassement est tel qu'on ne voit plus que les plafonds. Le même manège se reproduit toutes les deux minutes. Nous sommes assis sur un banc, à quelques mètres de distance, Sophie a l'air découragée, elle est tassée, me jette de fréquents coups d'œil. Bien sûr, nous aurions dû aller à la sortie des écoles. Soudain, elle se lève et monte dans la première rame, nous sommes debout l'un contre l'autre, je déteste cette presse, ces corps qui s'agglutinent contre vous, ces haleines fétides soufflées en plein visage, j'essaie de lire le journal que je tiens à la main, toujours ces neuf écoliers fugueurs qu'on ne retrouve pas, les stations passent, ça devient monotone. Enfin à Naphtalingrad, elle descend, reprend d'autres correspondances, arrive sur le quai de la ligne 2, direction Belle-Fille, s'assied sur un banc. Attente. C'est long, très long, je me demande si j'ai eu une bonne idée, l'ancien système avait au moins l'avantage de m'épargner ces temps morts. Si cette formule est un échec, je ne la poursuivrai pas au-

delà d'une semaine. Je me fais ces maussades réflexions quand Sophie se lève d'un bond et me montre du doigt le bout du quai, je regarde, là-bas, en tête de train, près du panneau « Escalier donnant sur la voie », un petit lutin, debout, un bonnet à pompon enfoui jusqu'aux yeux, attend sagement, un gros cartable bleu glissé entre les jambes. Sophie se dirige droit sur lui, je la suis, l'enfant a des joues rondes et roses, un tout petit nez, l'air rieur, que va-t-elle inventer ? Ça y est, ils parlent, je me colle à eux pour ne rien perdre du dialogue, il y a du bruit, un convoi freine en sens inverse. Elle lui dit qu'elle est perdue, qu'elle a peur mais qu'elle ne veut pas aller à la police qui lui fait plus peur encore, elle lui demande de l'aider à sortir de cette gare et de la raccompagner un peu chez elle. Il la considère d'un air étonné, il plisse le nez. Sa petite frimousse se tord en une curieuse grimace, une rame arrive, il fait mine d'y monter. « Non, attends », dit Sophie qui lui a pris le bras. Elle s'accroche à lui avec l'énergie du désespoir : « Aide-moi d'abord, ne t'en va pas. » Elle est si sincère dans son jeu que les larmes perlent dans ses yeux. Oh! que j'aime ça ! « C'est où chez toi ? » demande le petit lutin ; « par là », elle montre la correspondance et me jette un coup d'œil. Brave petite, je lui souris encore, ils s'en vont tous les deux. Le garçon, tout gonflé de son importance, lui a pris la main et la dirige avec fermeté. La peur de cette petite fille qui le dépasse d'une demi-tête lui donne un surcroît de courage, il bavarde, sa maman lui a acheté il n'y a pas longtemps un mille-bornes, il a gagné trois fois mais avec Anne-Marie il perd toujours, son rêve serait d'avoir les quatre bottes d'un coup, As du volant, Increvable, Véhicule prioritaire, Camion-citerne. Est-ce qu'elle sait lire ? Bien sûr ! Lui, il apprend depuis le début de l'année et il déchiffre lentement à son intention quelques-uns de ces affreux panneaux publicitaires accrochés dans les couloirs. Sophie répond par monosyllabes. Nous voilà refaisant le même chemin en sens inverse, heureusement, il n'y a pas trop de monde et par chance, nous avons pour nous tout un fond de wagon, je m'assieds près des marmots, l'air de ne pas les voir. Il parle, il s'appelle Tubulure, parle sans arrêt, lui montre ses bons points, ses images, lui demande si elle connaît des clochards dans le métro, quelle drôle de question. Ave-Chaud-Martin, changement de correspondance, là aussi le wagon est presque vide, je m'approche d'eux, exhibe mon pistolet à air comprimé et intime au petit l'ordre de me suivre sans dire un mot. Il semble paniqué, ne comprend plus, il croit à une agression contre sa protégée. « Va-t'en, dis-je à la fillette, tu as gagné ta liberté. » Elle fond en sanglots, n'ose même pas regarder en face son camarade et descend à la première station. « Quelle salope », est la première réflexion de mon compagnon, et ce vilain mot dans cette bouche si menue m'amuse. « Tu vas demander de l'argent à mes parents, j'te préviens qu'alors là c'est pas de chance, parce que mes parents i sont pas riches du tout. » Je souris, maintenant que le plus dur est fait, je le rassure sur mes intentions, il est tellement mignon que j'ai envie de l'embrasser, de le serrer contre moi. « Mais alors, si c'est pas un kidnapping, c'est quoi ? — Juste une petite promenade. — Bon, alors achète-moi à goûter. » Toute sa peur s'est évanouie, manifestement il est ravi, quelle délicieuse prise, l'inflexion de sa voix est tellement enchanteresse qu'une force irrésistible me pousse à le prendre dans mes bras, je me penche sur lui, je me sens congestionné, le renifle de bas en haut. Il se recule, me repousse, me dévisage et lâche : « Ta veste, c'est moche. » Malgré moi, cette remarque me blesse, je ne trouve rien à répondre, pourquoi n'aime-t-il pas mon tweed ? Attends un peu, foutriquet, quand tu seras dans mon assiette, tu feras moins le fanfaron. Il doit remarquer mon visage déconfit car il éclate de rire. Balai-Loyal, je le saisis par la main et nous descendons ; je préfère éviter Pond-Un-Œuf, je ne tiens pas à me faire voir en compagnie de trop d'enfants différents, j'ai beau bénéficier d'appuis, je ne veux pas éveiller la vindicte et la rancœur des braves gens.

Mais, dans le corridor de sortie, une espèce de faux hippie, vêtu d'une longue cape noire, me demande quarante centimes, je ne lui réponds pas mais le petit se retourne et crie : « Il est riche lui, il peut te donner plein d'argent. » Le zazou hilare nous suit en criant : « Elle est correcte ma gueule, dis, elle est correcte ma gueule, qu'est-ce que ça veut dire tout ça, file-moi quarante centimes, merde t'as des supersapes, tu peux bien allonger un peu. » Les passants nous dévisagent avec insistance, j'accélère le pas, ordonne à Tubulure de se taire, l'abruti derrière demande : « C'est ton papa ? » — Non, c'est pas mon papa, c'est un ravisseur, comme à la télé. » Un monsieur qui marchait à notre hauteur a tendu l'oreille et me regarde avec suspicion, et l'autre qui ne décroche pas, crie à voix haute. Il faut en finir, je fouille dans mes poches et donne un malabar nickel au gandin qui s'est planté devant moi et marmonne : « Elle est correcte ma gueule, j'ai pas l'air d'un robot ? C'est vrai que t'es pas son père, comment t'as fait, tu lui as offert des bonbons ? » Alors je ne me contiens plus, le saisis par le cou et m'apprête à lui taper la tête contre le mur, me ravise in extremis, agrippe l'enfant et sors quatre à quatre de cette station, poursuivi par les invectives du fou qui crie : « Pervers, voleur d'enfants, pédale ! » Je suis en sueur et le petit se plaint de mes mains moites : « Beuh, c'est dégoûtant, lâche-moi, tiens, porte mon cartable. » Je me retourne pour voir si personne ne nous suit, les arcades du Louvre sont désertes, un petit vent glacé souffle contre nous et coupe la respiration, cet incident m'a totalement dégrisé. Je m'en veux d'avoir perdu le contrôle de moi-même, il y a peut-être là un mauvais présage, je n'écoute plus le babillage inconsistant de mon prisonnier. Je sombre dans une morne rumination dont je suis tiré brutalement par une cavalcade de souliers ferrés derrière moi, bientôt suivie de l'irruption de quatre enfants, le visage emmitouflé jusqu'aux yeux dans de longues écharpes, qui se précipitent dans mes jambes et me font trébucher. Déséquilibré, je dois lâcher la main du petit, deux de mes assaillants se saisissent de lui, prennent son cartable et l'emmènent en courant sans prononcer une parole, les autres se sont jetés sur moi et me frappent dans les jambes avec une brutalité inouïe, je les gifle à tour de bras, ils lâchent prise, il me faut rattraper Tubulure à tout prix, ce ne sont pas quelques miochons qui me barreront la route. Mes deux agresseurs se sont relevés, la lutte a arraché leur écharpe, ils sont très pâles, très beaux, l'un d'eux saigne au visage. Je prends mon élan, je vais les contourner et rattraper ma proie mais dans un geste simultané, ils ont plongé la main dans leur gilet et me lancent quelque chose au visage, horreur, deux formes noires et lourdes, griffes et gueules hérissées, se ruent sur ma poitrine, remontent jusqu'à mon cou, tentent de me dévorer la face. Je n'ose y croire, ce sont des rats. Ils m'ont jeté des rats au visage. Je hurle de terreur et tombe sur le dos, je me débats, crie. Les bêtes sont déchaînées et entreprennent méthodiquement de me mordre, je réussis à étrangler l'une d'entre elles, l'autre a déjà cisaillé mon oreille et entamé le conduit auditif, je l'arrache de moi, me relève et lui écrase rageusement le thorax sous mes talons, j'entends le bruit des os qui se brisent, mais il est trop tard, la rue est vide à nouveau. Ils ont tous fui, et me lancer à leur poursuite serait inutile. D'ailleurs, je suis dans un état lamentable, ma chemise est déchirée, mes cheveux arrachés, je *saigne du front et des joues, j'ai glissé dans une crotte de chien, mon manteau, maculé d'excréments, dégage une odeur insupportable, des automobiles s'arrêtent, me demandent si j'ai besoin d'aide, je remercie, m'éloigne, rentre chez moi, jette mes vêtements dans la poubelle et sans même me laver m'écroule sur le lit. Pourquoi, pourquoi, pourquoi, que s'est-il passé, je suis atterré, quelqu'un m'en veut-il ? Je ne comprends rien. Je suis le jouet d'une énigme, pris dans l'engrenage d'un destin qui m'échappe. Attaqué par des enfants et qui plus est au moyen de rats j'en frissonne d'horreur, suis pris de tremblements. Quel est ce gang de gosses ? S'agit-il d'une farce, d'un règlement de comptes, d'une vengeance ?*

Bien évidemment, je n'aurai rien à manger ce soir (j'ai heureusement dans mon réfrigérateur des conserves de viscères et plusieurs bocaux de sang congelé), mais le plus grave est cette agression par laquelle, moi qui pensais entretenir des relations privilégiées avec le monde de l'enfance, je me trouve brutalement rejeté dans le camp maudit des adultes, des parents, de l'ordre. Cet incident affreux a brisé le charme — peut-être illusoire — sur lequel j'avais fondé mon existence. Je crois qu'après m'être fait cette réflexion, je me suis évanoui.

LE GRAND RASSEMBLEMENT

ou

LE PEUPLE DES OMBRES

Imaginez Paris sa surface scintillante, ses artères animées, ses carrefours, ses monuments. Imaginez maintenant les dessous de Paris, le réseau complexe des collecteurs, les lignes hélicoïdales du métro, le treillis inextricable des conduites de gaz, du téléphone et de l'électricité, le tissu lugubre des caves, égouts et catacombes. Et sous ce labyrinthe de fils et de couloirs, imaginez-en un autre, un madrépore colossal, tout un paysage de gouffres et de pertuis, une véritable termitière ignorée de tous, des précipices taillés dans des falaises, de sombres cavernes aux entrées étroites, des escarpements verticaux et nus, de douces pentes envahies par une végétation étrange, des rivières, des lacs souterrains à l'eau glauque et noire, éternellement tranquille, des marmites géantes creusées dans le roc, une composition fossile variée — marnes argileuses, calcaires, gypse, grès. C'est là, dans ce dédale inférieur, que nous avons élu domicile. Désormais, Paris ressemble aux valises truquées des magiciens : c'est une ville à double fond.

D'abord, nous avons changé de noms, car nous ne sommes plus les mêmes. Tubulure, qui vient d'arriver parmi nous a choisi de s'appeler : « Place-Réservée-Aux-Invalides » ; Encre-Bleue : « Titre de Transport » ; Faunette : « Boucle-Des-Terminus » ; Tilt : « Plus-Petit-Des-Rachots » ; Tohu : « Le Déblocage-Des-Tourniquets-Est-Obtenu-Par-Le-Voyageur-Qui-Composte-Lui-Même-Son-Billet » ; Potronminet : « Nez-Qui-Goutte-N'Amasse-Pas-Morve » ; Frime-Cocodie : « Fragment-de-nuit » ; Icigo : « Courbe-De-Petit-Rayon. » Kikessessoi lui-même, notre voleur, a été baptisé « Masque-De-L'Ombre », en raison de son caractère mystérieux. Ce mot composé l'a enchanté. Tous ces pseudonymes sont pour nous comme les termes d'une initiation : nous en adopterons d'autres à la saison prochaine, car nous avons une grande fringale d'identités variables.

Nous dormons deux niveaux au-dessous de la voie normale du Métropolitain, à la hauteur du XIVe arrondissement, dans une ancienne carrière de béton qui aurait servi, pendant la dernière guerre, d'atelier de fabrication d'armes pour la Wehrmacht. Mais cette carrière est surtout un immense réservoir de grands express, un vaste garage sillonné de rails où sont parqués des exemplaires de tous les chemins de fer européens du début du siècle. Par quel miracle ont-ils échoué dans ces bas-fonds, à la suite de quelles tribulations, c'est un point d'histoire sur lequel nul ne sait rien. Masque-De-L'Ombre a découvert cette salle, il y a plusieurs années, au cours d'une exploration souterraine, se l'est appropriée, nous y a installés. Sa fierté, c'est le wagon impérial du tsar Nicolas II, ramené par des Russes blancs en juillet 1917, égaré depuis dans ces couloirs et qui comprend entre autres commodités, un piano, un gymnase, une baignoire de faïence. Nous dormons dans le wagon personnel du pape Pie IX, meublé de merveilleux lits à baldaquin, encombré de prie-Dieu, d'encensoirs, et même d'un autel transformé en commode. Les rails sur lesquels reposent ces voitures sont rattachés au métro par un étroit boyau à voie unique qui remonte en pente douce et débouche sur une branche de raccordement fermée au trafic et située entre Sensé-le-Beau-Danton et Place Mange. Nous vivons au cœur de la ville, hors d'elle, nous l'avons lézardée dans ses profondeurs intérieures. Notre domaine s'appelle l'arrondissement zéro.

Il y a un mois que nous sommes ici, depuis cette nuit merveilleuse où Masque-De-L'Ombre nous enlevait dans un métro. Pas un de nous n'a voulu retourner à la surface. Nous nous sommes faits à cette existence de troglodytes. Nous ne regrettons ni nos pères et mères, frères ou sœurs, ni nos camarades de classe ni la vie de la cité, ni le soleil, ni la lune, ni les étoiles, ni les arbres. Nous n'étions pas malheureux, loin de là, mais tout ce qu'on a voulu nous faire faire, là-haut, qu'il s'agisse de jeux ou de travail, nous ennuyait. Nous savons que la police nous recherche, que nos familles ont lancé des appels à la télévision, promis des récompenses, qu'il faut s'attendre à un renforcement de la surveillance dans les égouts et le réseau, mais personne ne nous manque : nous voyons ici suffisamment de merveilles pour ne jamais souffrir d'une quelconque nostalgie.

Il faut dire que, guidés par Masque-De-L'Ombre, nous voyageons sans cesse : le jour dans d'étroites galeries, se contournant en sinueux méandres où l'on ne peut marcher que courbés, véritables sentes presque parallèles aux lignes du métro et qui essaiment partout, jusqu'aux grands parkings de la capitale, où nous pénétrons quelquefois, nous cachant derrière les voitures, troublant les ébats de quelques amoureux, surprenant une rixe, un règlement de comptes, admirant le savoir-faire des galantes motorisées qui amènent là leurs pratiques. Par prudence, nous nous scindons en petits groupes de trois, et nous nous cachons le visage sous un bas de laine. Pratiquement, nous pouvons surgir des étages inférieurs à n'importe quel moment : des comités de vigilance gardent les sous-sols de la ville, mais nous apparaissons toujours ailleurs.

La nuit, après une heure, nous voyageons sur nos maisons mobiles : des moteurs autogènes équipés de frotteurs captent l'électricité sur le rail traction et font avancer le wagon à petite vitesse. Masque-De-L'Ombre actionne la lourde porte coulissante, sculptée dans un monolithe, camouflée de l'extérieur par des pierres et des parpaings, qui protège notre refuge. Cette issue ouvre sur le tronçon de raccord, lui-même désaffecté depuis longtemps, sur lequel nous passons grâce à un aiguillage à main facile à manœuvrer. Nous émergeons doucement de notre antre, toutes lumières éteintes, car il faut éviter, outre les équipes de réparation et les patrouilles de police qui circulent, même après minuit, les trains meuleurs qui font disparaître les marques d'usure ondulatoire, les trains chauleurs qui badigeonnent les tunnels et arrosent le ballast, et les trains aspirateurs qui font le ménage du réseau une fois par semaine. Heureusement, Masque-De-L'Ombre sait toujours par avance où et sur quelle ligne travaillent les escouades d'ouvriers, et cette prescience (acquise par quels moyens?) nous évite de désagréables surprises.

Nous avons également appris à conduire, chacun à notre tour. Même Plus-Petit-Des-Rachots y arrive, et nous roulons la nuit, écumant le ventre de Paris, dans toutes les directions ivres de silence et de ténèbres.

Ainsi, en un mois, grâce à la patience de notre pilote, nous connaissons presque par cœur la topographie de notre royaume. Nous sommes capables de nous diriger sans erreur dans cet écheveau de plusieurs centaines de kilomètres. Nos yeux se sont accoutumés à l'obscurité, nous n'avons besoin que d'une très faible clarté pour voir, nous voici devenus nyctalopes, à l'égal des chouettes et des hiboux, ce qui nous donne un très net avantage sur les terriens de la surface. Certains jours, nous partons en pique-nique faire du canoë sur la Bièvre ou sur un bras souterrain de la Seine et de la Marne, nous prenons des bains d'eau chaude dans des nappes phréatiques, explorons d'anciennes oubliettes, ramassons des fossiles, des coquillages, chassons les chauves-souris au lance-pierre, glissons à perdre haleine dans des puits d'éboulements. Nous évitons seulement les égouts à cause de la puanteur et des miasmes; on prétend même que des crocodiles, échappés d'un zoo l'année dernière, vivraient et se reproduiraient dans ces remugles infâmes. Mais notre découverte la plus insolite fut celle, il y a une semaine, au cours d'une promenade dans une ligne fermée au trafic, du cadavre de Fantômas, mort de vieillesse et de faim dans la rame de métro qu'il avait volée entre les deux guerres : son dernier forfait. Il était d'une grandeur effrayante, recroquevillé au fond d'un wagon à moitié pourri. Nous pûmes l'identifier grâce à sa grande cape noire, à la cagoule qui couvrait ses yeux, et à son haut-de-forme, curieusement penché sur son crâne. Les rats avaient dévoré toutes les chairs, mais curieusement sans toucher aux vêtements, si bien que ce squelette, parfaitement nettoyé, était habillé de pied en cap comme pour un gala. Nous avons tout laissé en état : depuis, Masque-De-L'Ombre nous lit chaque soir, avant de dormir, les aventures du Génie de l'Effroi (il a les œuvres complètes, quarante volumes reliés plein cuir, qu'il a trouvé dans la bibliothèque du train de Mussolini, lui aussi parqué dans notre caverne), et nous allons souvent contempler le fabuleux cadavre, qui, après avoir tant inquiété Paris, dort, à cent mètres de profondeur sous la capitale, affalé de guingois, sur le plancher d'une voiture de deuxième classe, comme un milord ivrogne.

Quelques semaines après notre « enlèvement », et surtout depuis le retour de Place-Réservée-Aux-Invalides parmi nous (c'est Titre-De-Transport, impatiente de retrouver son amoureux qui a tout organisé, grâce aux renseignements de Masque-De-L'Ombre), depuis ce jour donc, d'autres enfants tentent à leur tour de s'égarer dans le métro : beaucoup sont retrouvés par la police, ou, apeurés, reviennent d'eux-mêmes, mais quelques-uns, se ruant dans les tunnels au risque de mourir écrasés ou électrocutés, finissent par nous rejoindre. Nous les ramassons la nuit, au cours de nos rondes, à demi morts de faim et de terreur, et les recueillons à bord. Ils viennent à nous par simple curiosité, besoin de changement ou d'aventure, n'ont jamais plus de treize ans, et nous les baptisons dès leur arrivée de façon à couper les liens avec leur ancienne vie. Ils sont déjà une bonne vingtaine à être descendus ici-bas, et il en vient chaque jour. Ils logent dans d'autres pullmans de notre hangar ; en fait, nous aurions assez de place pour en abriter six cents, et Masque-De-L'Ombre soutient qu'il connaît sous Paris au moins dix caches analogues à celle-ci, elles aussi équipées de morceaux de trains descendus à l'abri pendant la guerre à cause des bombardements, et abandonnés là depuis par une administration négligente ou amnésique. Les derniers arrivants, deux garçons de dix et onze ans, Feuille-De-Polyester et Chape-A-Haute-Tension, nous apprennent que le ministère de l'Intérieur et le secrétariat d'Etat à la Protection de la Famille viennent d'ordonner l'inoculation à tous les jeunes de moins de vingt ans d'un liquide luminescent, indestructible et inoffensif, qui se détecte à quarante mètres par radar. C'est la firme Prénubil qui aurait mis au point ce fluide, et il est à craindre que les nouveaux fugueurs ne jouent malgré eux le rôle de mouchards.

Un mot encore sur Masque-De-L'Ombre : il n'est

pas le clochard que nous avons cru, pas plus qu'un magicien ou un employé du réseau. Il est tout cela à la fois, et autre chose encore : une énigme bienveillante que nous ne sommes pas pressés de résoudre, et qui nous a arrachés à la monotonie des trajets similaires. Cet être aux faciès multiples, dont le visage varie selon les heures, passant brutalement d'une extrême jeunesse au grand âge, frôlant même parfois l'expression de la mort, nous avons renoncé à lui poser des questions ou à l'interroger sur son état. D'ailleurs, il refuse de nous répondre. Il disparaît souvent plus d'une semaine, remonte au grand air, change de vêtements, d'allure, de condition sociale : Fragment-De-Nuit et Courbe-De-Petit-Rayon se sont proposés pour être ses caméristes. Ils l'accaparent des après-midi entiers à le maquiller, le grimer, le transformer.

A vrai dire, Masque-De-L'Ombre ne fait pas de secrets, il est le mystère incarné : comment connaître son vrai visage, quand il n'est lui-même qu'une succession de visages variables à l'infini ? Ses talents sont tels qu'il en arrive à s'escamoter lui-même, à s'évanouir en fumée devant nos yeux. Un tel être a-t-il jamais été jeune ? Impossible de concevoir qu'il ait pu naître un jour. En sa personne, nous côtoyons des métamorphoses perpétuelles. Il aime en nous un public prompt à s'émerveiller, disponible à toutes les charades, ému du moindre rébus. Et la nuit, tandis que nous reposons, garfilles et filleçons, nus, enlacés les uns aux autres, sur nos couchettes luxueuses, il se met au piano et joue des airs d'une mélancolie poignante que rythme en mesure le goutte-à-goutte du béton qui suinte des parois.

Il était presque une heure quand nous sommes sortis.

Masque-De-L'Ombre marchait à pied devant la voiture, une petite lampe-torche à la main. Fragment-De-Nuit était aux commandes, Titre-De-Transport avait la responsabilité de l'allumage. Ce soir-là, nous circulions sur un ancien wagon-lit du Train Bleu. Nous avions laissé passer le métro-balai, la dernière rame de la journée qui ramasse les retardataires et les appelle dans chaque station au moyen d'un sifflet. Masque-De-L'Ombre s'est hissé jusqu'à la plate-forme et nous a dirigés : il faisait sombre, plus qu'à l'accoutumée (la R.A.T.P. a en partie supprimé l'éclairage de jalonnement pour décourager les éventuels fugueurs), et le silence était si pesant que pas un d'entre nous n'osait parler. Après une demi-heure de trajet dans cette semi-obscurité, un flamboiement nous a éblouis.

Ils étaient déjà là. Hommes et femmes tous identiques, avec leur casquette à visière, leur complet bleu élimé, leur pince à la main droite, la manche retroussée, l'avant-bras énorme, sur-développé, disproportionné. C'était leur nuit, l'unique nuit pendant laquelle l'Institut psychiatrique où ils séjournent les autorise à revenir exercer leur ancien métier. Aucun de ces poinçonneurs licenciés de la Régie vers les années 65-66, après l'automatisation des machines de contrôle n'a pu se réadapter à la vie normale. Placés dans une maison de santé, on les a initiés à l'ergothérapie. Mais le seul travail qu'ils aiment, le seul pour lequel ils ont été formés, est le maniement du poinçon. Les plus atteints perforent leurs draps et leurs vêtements et, dans les crises de démence, leurs propres doigts ou les bourrelets de leur chair. Si on leur confisque leurs instruments, ils ne s'alimentent plus, se laissent mourir : ils dorment avec leur pince, coupent leur viande avec leur pince, se lavent avec leur pince. Elle est leur raison d'être, leur orgueil, le seul lien qui les rattache au monde des vivants. On a tenté de les recycler dans les bijouteries, à percer les nez et les oreilles des clients désireux de porter boucles ou pendentifs ; mais ils tremblaient trop, perforaient les cartilages au mauvais endroit, ou bien creusaient deux trous, arrachaient même parfois des oreilles entières.

Ce soir, ils exultent : ces quatre heures passées à faire des ronds dans une station abandonnée, que leur prête la compagnie, sont les plus beaux instants du mois, les seuls pendant lesquels, au milieu de leur douce insanité, ils se sentent vivre. Une quinzaine de guérites en carton sont placées sur chaque quai, à quelques mètres les unes des autres : ils y puisent d'énormes rouleaux de papier jaune qu'ils déchirent avec leurs dents et criblent de trous jusqu'à les rendre inutilisables. Des surveillants balaient les confetti et les placent dans des boîtes qu'ils iront vendre ensuite à des carnavals ou des foires. Les poinçonneurs travaillent avec ardeur, certains même à une vitesse folle. On sent qu'ils veulent perforer au maximum, rattraper tout le temps perdu depuis leur mise à pied. Ils parlent sans se regarder, le nez sur leurs genoux, à phrases brèves qui se télescopent.

Et ces fragments, ces monologues multipliés renvoyés d'un quai à l'autre par la forme elliptique des voûtes, ces discours entrecroisés, ces raclements de voix, ces claquements de tenailles produisaient un vacarme tel que personne n'avait entendu notre wagon s'approcher.

Evidemment, nous n'étions pas venus dans le seul but de contempler cette curiosité archéologique, mais pour enlever les poinçonneurs et les ramener dans notre tanière. Instruits par Masque-De-L'Ombre de leur condition lamentable, nous avions décidé de réintégrer ces malheureux dans leur fonction : dans le nouveau chemin de fer que nous construisions sous le métro actuel, ils auraient leur place. Présentement, ils n'étaient gardés que par cinq infirmiers en blanc, robustes gaillards qui allaient et venaient, balayaient le sol, empilaient des boîtes, regardaient l'heure du même regard fixe et absent que leurs malades, à mille lieues de se douter qu'une quinzaine d'enfants (Plus-Petit-Des-Rachots et cinq autres nouveaux venus étaient restés à la maison) s'apprêtaient à leur tomber dessus et à les maîtriser. Au signal convenu (il devait être trois heures du matin), masqués, armés de frondes et de gourdins sculptés à partir d'anciennes traverses, divisés en deux groupes, nous nous sommes introduits sans faire de bruit dans les ouvertures que nous avions percées la veille sous le quai, afin de passer de l'autre côté sans être vus et prendre les gardes-chiourme en tenaille. Sur un signe de Nez-Qui-Goutte-N'Amasse-Pas-Morve, nous avons bondi. Masque-De-L'Ombre était resté dans le noir, prêt à lancer le wagon et à venir nous récupérer si le combat tournait à notre désavantage. L'effet de surprise et notre grand nombre ont joué en notre faveur. Comme nous l'avions escompté, les poinçonneurs lunatiques ne réagirent même pas en voyant leurs gardiens se faire assommer et ligoter par des marmots. Quelques-uns bougonnèrent :

« Quel chahut, ce soir !

— Ces enfants, quand ils sortent de l'école, sont de plus en plus bruyants.

— Ils devraient faire du sport.

— Regardez-les se frapper à coups de cartables ! Si ça continue, je confisque les cartables à l'entrée de la station. »

Après quelques minutes de combat, tous les infirmiers étaient neutralisés, sauf un qui réussit à s'échapper et courait vers les escaliers. Heureusement, Boucle-Des-Terminus et Poussoir-Electro-Pneumatique l'ajustèrent à la fronde : une pierre l'atteignit à la nuque, une autre à la colonne vertébrale ; il trébucha, ce qui nous permit de le rattraper et de l'estourbir : sa fuite aurait fait échouer notre plan. Il fallut alors convaincre la perforeuse population de nous suivre. Certains résistaient, croyant à une réduction de leur temps de poinçonnage. Impossible de les raisonner.

Masque-De-L'Ombre intervint en personne pour leur expliquer nos projets : non, nous n'allions pas les ramener à l'asile, l'asile c'était fini pour toujours, nous les embauchions, ils recommençaient à travailler dès demain. Alors, ces hommes et ces femmes, abrutis par des années de maison psychiatrique, prirent un visage presque sensé. Ils rangèrent leurs affaires, emportèrent leurs guérites, leurs rouleaux de papier, et s'installèrent joyeux dans notre wagon où ils recommencèrent immédiatement à faire des trous et des rondelles. Il était temps. Des pas rapides résonnaient dans l'escalier de la sortie ; juste au moment où nous nous ébranlions, une volée de képis bleus, revolver au poing, déboula sur le quai : nous en fûmes quittes pour un phare brisé et des impacts de balles sur la plate-forme arrière. Masque-De-L'Ombre mit la pleine vitesse, et notre petit convoi d'enfants et de virtuoses de la pince à confetti, tremblant de tous ses essieux, se perdit dans l'obscurité vertigineuse.

On sait maintenant l'effarante nouvelle, l'affreuse vérité : on ne nous a pas enlevés, nous sommes partis de notre plein gré. La police lance une vaste opération pour nous expulser du Paris souterrain, mais aucune patrouille n'a pu jusqu'à maintenant localiser notre repaire. Depuis la disparition des poinçonneurs, notre célébrité en surface s'est accrue d'incroyable façon. On parle à notre propos d'une République d'enfants dirigée par un personnage mystérieux, on évoque aussi un réseau de prostitution international qui ravirait les impubères pour les vendre à de riches pédophiles étrangers. Nous suscitons mille rumeurs diverses et contradictoires, nos familles, tout à la honte de ces ragots, ne nous réclament plus et se referment sur leur chagrin. Là-haut, on nous appelle les Fantôminets du métro, les feux follets du rail parisien, les Petits Princes des Catacombes. Nous sommes maintenant plus de cent vingt, nous peuplons trois grottes de grande taille, et chaque jour plusieurs dizaines de fuyards arrivent chez nous : le fluide-miracle imaginé par Prénubil est un échec, il se dissout dans le sang au bout d'une semaine. Hier encore, trois rames du dépôt de la Porte des Veuves ont disparu : ce sont des employés de la Régie qui nous ont rejoints. Désormais, le personnel de la R.A.T.P. est réquisitionné : ceux qui abandonnent leur poste, voient leurs familles menacées de représailles.

Si grand est notre succès que même le père Noël est venu nous rejoindre. Maintenant, il met des roues à son traîneau et se fait tirer par des autruches. Seulement, au lieu de descendre comme autrefois par la cheminée pour distribuer ses cadeaux, il remonte chez les normaux de l'entresol par le vide-ordures et dépose dans leur cuisine de petits paquets de détritus et de cochonneries, ce qui les met en rage. Chose plus intrigante : notre domaine est devenu un centre d'attraction pour tous les animaux errants et pourchassés de France. Des milliers de chats et de chiens abandonnés ont envahi le métro, mais aussi des renards, impitoyablement massacrés depuis la campagne anti-rabique ; des campagnols, des blaireaux, des fouines, des musaraignes, des loutres nous ont rejoints, grâce à des réseaux de passage qui débouchent en pleine campagne. Masque-De-L'Ombre a baptisé cette nouvelle réserve Paris-Terrier. Nous élevons également poules et lapins dans de grandes fermes souterraines, et nous avons signé un pacte de non-agression avec le Prince des Rats Noirs de Rungis et Sa Majesté le Roi du Peuple des Rats Gris des Buttes-Chaumont, les deux races de surmulots prédominantes en Ile-de-France. Des missions d'information et des ambassadeurs ont été échangés. Nous apprenons à parler le haut-ratin, langage des rats du trottoir, et le bas-ratin, langage des rats de cave. Mais il y a plus encore : il paraît que le monstre du Loch-Ness, devenu insomniaque à force d'être mitraillé par les flashes des touristes, s'est mis en route à travers les égouts internationaux vers Montparnasse. Nous l'attendons d'un jour à l'autre, et nous lui avons réservé le lac de l'Opéra, dont la profondeur devrait suffire à son grand corps reptilien.

Est-ce notre influence ? Ou s'agit-il d'un hasard ? Il se passe de drôles de choses en surface. La semaine dernière, sept autobus de la ligne 38 ont franchi la porte Dors-Léon et ont continué jusqu'à Montélimar pour acheter des nougats. Les voyageurs, enchantés par cet imprévu, ont supplié la direction de ne pas sanctionner les chauffeurs. Et puis, plusieurs écoles secondaires et maternelles ont été saccagées et brûlées par les élèves eux-mêmes, dont la plupart ont entre six et dix ans.

Certains de ces jeunes vandales sont parmi nous aujourd'hui. Leur ardeur à la destruction sera mise à profit, on les emploiera dans les opérations de sabotage et de déraillement. Plus surprenant encore : une deuxième tour Eiffel, en tout point semblable à la première, a émergé cette nuit, dans un fracas colossal, du parvis de la Défonce : elle a poussé en une heure, faisant voler en éclats la dalle de béton qui couvrait le sol. Les spécialistes sont inquiets : ils craignent de voir surgir dans les prochaines vingt-quatre heures, sur toutes les esplanades de la région parisienne, d'autres tours semblables à celle-ci. On murmure qu'il s'agirait d'une résurgence du Champignon de Paris, disparu à l'aube d'une sombre nuit du mois de novembre. En attendant, la véritable tour Eiffel a été placée sous observation.

Cette nuit, une pluie de tracts a été lancée depuis les trottoirs à travers les grilles du métro. Il est signé par le « Groupe Communiste Pour l'Abolition du Salariat et la Construction du Parti Révolutionnaire sur des Bases Prolétariennes Authentiques ». Il nous exhorte, au nom de la solidarité militante, en ces termes : « Alors, petites taupes, qu'attendez-vous pour sortir de vos trous ? » Suit une longue démonstration sur l'efficacité révolutionnaire et la nécessité historique de ne pas fuir le sytème, mais de le combattre de l'intérieur. Le tout se termine par une offre d'adhésion au groupe à prix réduit.

« Qu'avez-vous découvert sous le métro ? » demandent, assis dans les confortables fauteuils de velours de notre pullman, les deux journalistes du *Monde* et de *Libération,* parvenus jusqu'ici après d'incroyables errances, sueurs, impasses et tremblements.

C'est Fragment-De-Nuit qui a répondu la première : « Un matin, la brigade volante « Piste de Roulement », guidée par deux rats éclaireurs, découvrit, dans la fondrière d'un boyau tortueux, à demi morte, noyée, transie, grelottante, devinez qui, devinez quoi ? La petite lapine sans doigts décalquée sur les portes des wagons de métro avec cette légende : « Ne te pince pas comme lui. » Cette petite lapine n'avait plus de doigts : pour l'embaucher, la Compagnie les lui avait sectionnés à la hauteur des secondes phalanges, mais, une fois sa photo apposée au-dessus de tous les loquets de portes, on l'avait congédiée pour raisons économiques. De désespoir, à demi manchote après l'horrible amputation dont elle avait été l'objet, elle avait voulu mourir, seule, dans ce cul-de-basse-fosse. Grâce à nos soins, cependant, elle guérit rapidement. Mais de son stage à la Régie, elle avait gardé la funeste habitude de mettre les doigts où il ne fallait pas ; partout, en toute occasion, Miss Omatose (c'est son nom compliqué) essayait de se faire pincer ou du moins écraser les moignons. Quand quelqu'un s'asseyait, elle avait la main sur la chaise; quand on claquait une porte, ses doigts étaient posés sur les gonds; quand on coupait une viande, ses phalanges s'offraient sous la lame du couteau. A cette allure, elle serait bientôt mutilée de ses deux mains. Il fallait la rééduquer. »

Alors Boucle-Des-Terminus prit la parole :

« Il était une fois un homme qui était si souvent enrhumé et se mouchait tant et tant qu'il lui avait poussé, à la place des mains, des petits morceaux de Kleenex chiffonnés qui prenaient racine dans son poignet et se terminaient, à droite et à gauche, en cinq branches molles et informes. Comme il ne pouvait plus travailler, les voyageurs le louaient pour agiter son bras en forme de mouchoir, au moment du départ des trains. Il était devenu ainsi un élément essentiel du décor des grandes gares, et chaque jour, les mains levées, il couvrait des milliers de départs sur les grandes lignes. Cela nous a donné une idée : nous avons proposé à Miss Omatose d'être agitatrice de menottes sur les quais de nos stations. Aujourd'hui, elle est cette silhouette nostalgique et frêle qui, au démarrage de chaque rame, agite longtemps un grand mouchoir blanc et souhaite un éternel bon voyage aux passagers. Il importe que cet adieu ne s'adresse à personne en particulier de façon que chacun en la voyant ait l'illusion de quitter un être aimé.

— Mais dans ce touffu buisson de galeries titaniques, dans la nuit livide des sous-sols lutéciens, ne trouvâtes-vous rien, ô galopins moutardeux, rien de sensationni ou d'extravagu qui pourrait faire la Une et le Chapeau de nos respectives gazettes ? demandèrent, avec ce rien d'argotique propre aux journalistes, les deux spéciaux envoyés.

— Oh ! que si, nous fîmes.

— Et quoi donc ?

— Vous savez, dit Plus-Petit-Des-Rachots, qu'il existe plusieurs espèces de choux : comestible (chou-rave, chou-cabus), de couleur (chou-blanc, chou-rouge), grammatical (genoux, choux, hiboux, cailloux), de temps de guerre (rutabaga), décoratif (chou-fleur), agressif (échouffourée), hippie (chou frisé, d'Ecosse), belge (chou de Bruxelles), d'école (chouchou), pâtissier (chou à la crème), en morceaux (bout de chou). Or, il y avait à Paris un jardinier breton, exilé dans le XIVe arrondissement, qui regrettait les falaises de Paimpol et croyait beaucoup dans les pouvoirs du chou. Un soir, équipé d'une vaste musette pleine de graines, d'un sac à dos et d'une valise, il prit le métro et se laissa enfermer dans une station après l'heure de fermeture. Il marcha longtemps dans les tunnels déserts, au bas d'une muraille trouva une petite porte, derrière cette porte une volée d'escaliers, traversa plusieurs caves, franchit trois rivières de sang (qui venaient des abattoirs), et arriva enfin dans une large grotte arrosée d'une belle cascade automatique : l'endroit lui plut, la chaleur lui sembla propice, il s'installa. Puis il planta des choux : à la mode de chez lui, à la mode de Paris, et en ajoutant quelques innovations apprises au cours d'horticulture du jardin du Luxembourg. Par-dessus, il construisit une serre à deux pentes, en profilés d'aluminium, dériva la cascade pour en irriguer ses semis, s'occupa du chauffage, de l'aérage, de la brumisation. Bientôt, la grotte fut couverte de choux, même sur les parois et au plafond, et le jardinier en avait jusque sous son lit. Les mois passèrent. Les choux fleurissaient, montaient en graine, se flétrissaient : d'autres choux, promis au même destin, prenaient leur place. Et dans les choux, il n'y avait toujours que des feuilles de choux à grosse tige, et sous les feuilles que des trognons de choux à gros bourgeon, et sous le trognon de simples racines. Le jardinier avait beau les arroser de belle eau fraîche, et parfois même de sa propre semence, ils continuaient à évoluer comme tous les autres choux du monde, ni plus ni moins. L'homme finit par se décourager. Il devait se rendre à l'évidence : il avait fait chou blanc. Il avait déjà préparé ses valises et mis son sac à dos, il allait refermer la porte de sa caverne derrière lui quand il entendit un cri d'enfant. Un cri d'enfant ? une espèce de vagissement indistinct. Fou d'espérance, il se retourna. Un joli bébé blond s'étirait au milieu d'une large crucifère : l'expérience était réussie, les choux avaient conçu, la légende avait dit vrai. Et de tous les autres plants jaillissaient également de beaux nourrissons — garçons dans les choux verts, filles dans les choux rouges —, et l'heureux horticulteur fut bientôt à la tête d'une trentaine de petits des deux sexes qui hurlaient, pleuraient, se chamaillaient, babillaient. Il les nourrit, les éleva, les éduqua en attendant la portée prochaine. Mais, direz-vous, pourquoi cette fabrique secrète de poupons, et sous le métro ? Sous le métro ? Pour la clandestinité, la chaleur, une certaine qualité de l'ombre et de l'humidité. Les bambins? Pour repeupler la France et vendre des enfants à tous les couples qui ne peuvent en avoir ou ne désirent pas subir le désagrément d'une grossesse. Un véritable commerce s'organisa. Des cigognes venaient prendre livraison des petits et les déposaient, contre une petite somme, chez les familles adoptrices. Discrétion assurée. Vous savez que les cigognes et les hérons sont les seuls animaux autorisés dans le métro, parce qu'ils se tiennent sur une seule patte et prennent moins de place. L'éleveur d'enfants faisait ses choux gras de ce négoce.

— Et comment le découvrîtes-vous, ô minuscule conteur? point-d'interrogationna l'un des deux gazetiers.

— Par hasard, bien sûr, reprit Titre-De-Transport. Un jour, notre wagon était tombé en panne, un des frotteurs s'était dévissé. Masque-De-L'Ombre était descendu sous le châssis pour réparer l'avarie quand il buta sur un taquet. Le choc avait déplacé le morceau de bois, et dessous apparut, longue comme un demi-bras, une boucle en acier. Masque-De-L'Ombre nous appela : nous tirâmes tous ensemble. Ce que nous avions pris pour le rail-traction posé au milieu de la voie s'ouvrit en deux comme une fermeture Eclair, laissant voir un escalier en colimaçon qu'un oiseau au long cou emmanché d'un long bec, surpris par notre arrivée, dévalait à toute vitesse. L'ingénieux jardinier avait ainsi camouflé son repaire, jouant de la similitude entre une voie de chemin de fer et les dents entrecroisées d'un zip de blouson.

— Alors ? demanda l'autre journaliste.

— Dès que le jardinier nous a vus débouler dans sa serre clandestine, il a pris peur et a cédé. Nous avons pris le contrôle du trafic de mouflets. Cet argent doit servir pour nos incursions en surface. Quant aux petits choux, nous leur laissons le choix : ceux qui veulent connaître une famille, faire correctement leur triangulation œdipienne, passer le bac, sont libres de partir vers le plein air. Les autres, dès l'âge de 4 ans, viennent avec nous : nous les nourrissons au lait de vache. Vous les reconnaîtrez à leur accent, ils disent toujours : « viande hachou », « jouer à chat perchou », etc. Rien ne peut corriger ce léger défaut de prononciation. »

Dès qu'un chou a enfanté, on l'arrache et on le met en conserve, on donne la boîte à son rejeton, qui la mange ou la garde selon ses souhaits.

Nous étions fatigués. L'interviouve avait été longue. Le journaliste de *Libération* a sorti un paquet de cigarettes et nous l'a tendu. Alors, distraitement, nous avons répondu : « Non merchou. »

Depuis quelques semaines, beaucoup de Français portent au revers de la boutonnière des badges blancs sur lesquels on peut lire : *Assez d'Arbres, du Bitume. Les marmots au Dodo. Moins de Saucisses, plus de Police. Ni Pastèques, ni Métèques. Des Impôts, Pas de Cadeaux.* Ces badges sont distribués, paraît-il, par le ministère de la Servitude Volontaire.

Notre territoire souterrain devient un polype ténébreux qui étend ses mille antennes en dessous de toutes les lignes officielles. Notre colonie s'est agrandie de plusieurs centaines de sujets et nous avons dû creuser des excavations dans nos grottes, établir de véritables villages troglodytes reliés par cordes et échelles afin de loger tout le petit monde qui nous arrive. Des enfants, des adultes, des chômeurs, des marginaux descendent ici (peu de vieillards, c'est évident, leur faible constitution leur interdit de franchir les barrages de police qui bouclent chaque station ; parfois, pour rétablir cette injustice, nous arrachons une grand-mère ou un grand-père de leur maison de retraite et les ramenons ici-bas ; ils se mêlent à la vie de tous, s'occupent, expriment rarement le désir de revenir chez eux). Nous n'avons plus entendu parler de Possession Orale : depuis que nous lui avons repris Place-Réservée-Aux-Invalides, alias Tubulure, il aurait subi une suite de revers qui l'aurait même contraint à déménager. Nous n'en savons pas plus.

Nous, les petits, on aime les farces ; quant aux plus âgés, ils aiment retomber en enfance, ce qui revient au même. Aussi avons-nous décidé d'aider la Régie dans sa juste campagne pour l'animation du réseau ferré. Depuis que nous vivons sous terre, nous avons pu constater à quel point les voyageurs ressentent le métro comme un endroit fermé et vivent le temps de transport comme un temps mort. Pour les distraire, nous allons créer à notre tour des « événements ».

Chacun s'est organisé selon ses propres goûts et affinités. Boucle-Des-Terminus, à la tête de l'escouade des Fantômas du Rail, est chargé de voler les rames dans les principaux dépôts ou tiroirs des changements de voie, et de les ramener vivantes dans nos cavernes.

Nez-Qui-Goutte-N'amasse-pas-Morve et Fragment-De-Nuit, aidés par le groupe des Caméléons du Royaume des Voûtes, décorent, repeignent, transforment les voitures dérobées.

Poussoir-Electro-Pneumatique et Titre-de-Transport supervisent les équipes de guetteurs : l'Œil-Inoxydable ; d'écouteurs : le Cénacle de Fines Ouïes ; de marins : les Bateliers de la Souille ; de maçons et de terrassiers : les Fripons de la Truelle.

Plus-Petit-Des-Rachots et Déblocage-Des-Tourniquets-Est-Obtenu-Par-Le-Voyageur-Qui-Composte-Lui-Même-Son-Billet commandant la brigade des Clowns Occultes, préposés à la mascarade et au travestissement. Ce sont eux qui, déguisés en écoliers modèles, se mêlent à la foule anonyme.

Place-Réservée-Aux-Invalides mène les Chenapans de la Petite Ceinture et les Gougnafiers de la Radiale : ils couvrent les coups, s'exposent au maximum et ramènent les blessés s'il y en a.

Un nouveau venu, un garçon de quatorze ans, Ennui-Naquit-Un-Jour-De-L'Uniformité, arrivé ici avec plusieurs kilos de pétards, dirige la section des artificiers : L'Etincelle-Mettra-Le-Feu-A-La-Plaine.

Courbe-De-Petit-Rayon, avec les plus petits et les très vieux, reste dans le village sous la protection des Trotte-Menu qui vont et viennent aux nouvelles et assurent une liaison permanente entre le front et l'arrière. Voilà pour l'organisation.

D'abord, nous avons lancé des commandos de pleureuses et de mendiantes dans les stations huppées et les lignes desservant les quartiers les plus riches. Prises en pitié par des dames et des messieurs bien mis, les petites en profitent pour les délester de leurs bijoux, colliers, montres, portefeuilles, et les cacher sous leurs haillons. Ou bien, avec de fines dagues, aux heures d'encombrement, elles taillent les manteaux, découpent les poches. Cette campagne d'apitoiement et de recel connaît des fortunes diverses, mais elle constitue pour nous une énorme source de revenus.

Ou bien, aux heures de pointe, nous désorganisons le trafic, coupons les communications entre les gares, lançons des métros fous entre deux sections-tampons. Nous arrivons dans les stations, nus, chamarrés et dansant sur des wagons coloriés qui représentent des animaux. Le premier est un âne qui tire les autres, il a une bride neuve, des boucles et des clous de cuivre. Le second est une vache avec une grosse cloche et des festons d'argent. Le troisième est une chèvre aux cornes en sucre d'orge et un énorme pis rouge horizontal en guise de feu arrière.

Ou bien, nous sommes arrivés dans un métro volé, à une heure creuse, toutes fenêtres ouvertes. La rame a ralenti et, quand les passagers ont approché, tous en chœur nous leur avons pissé dessus, les inondant dans de grands éclats de rire, et la rame est repartie sous les injures des arrosés.

Ou bien, dans une foule compacte, avec de petits

stylets, nous avons fait sauter bretelles et jarretelles, coupé ceintures et boutons, et les dizaines de voyageurs se sont retrouvés pantalon ou jupe sur les genoux sans trop savoir pourquoi.

Ou bien entre 4 et 5, nous distribuons des goûters gratuits sur l'ensemble du réseau, tartes aux choux, tartes à la rhubarbe, tartes aux racines de platane, tartes aux pissenlits, les seuls produits cultivables dans nos sous-sols. La compagnie a réagi en interdisant aux voyageurs de se restaurer dans l'enceinte du chemin de fer, sinon aux emplacements prévus à cet effet (bars, snacks, etc.).

Une fois, nous avons ramassé plusieurs mille-pattes, nous les avons liés les uns aux autres par la tête et la queue, et gonflés à la pompe, profitant de leur peau extensible jusqu'à en faire de gros boudins de la taille d'une voiture, puis nous les avons lâchés sur la voie ferrée. Derrière eux suivaient sur une draisine, au violon Zig-Zag, à la guimbarde Chozenzoi, à l'épinette Deux-Cent-Vingt-Volts, qui jouaient *Scolopendre Swing*. Bercés par la musique, les mollusques bouffis se sont mis à danser, à se balancer, et sont entrés ainsi dans la station Est-ce-que-la-Motte-pique-toujours-Grenelle, pleine à craquer. Il y eut un affolement général, les gens ont fui, se sont piétinés, ont reculé partout en désordre. Les forces de Sécurité Spéciale du Réseau Ferré sont très vite intervenues, armées de lances et de badines, pour crever les pauvres mille-pattes qui se sont dégonflés comme baudruches. La Compagnie a réagi en interdisant aux voyageurs de danser dans le métro ou même de battre la mesure avec leur pied ou leur main.

Une autre fois, nous avons embaumé le chemin de fer, un parfum par wagon ; il y avait la voiture des roses, la voiture des narcisses, la voiture des lilas, la voiture des violettes. La compagnie a réagi en interdisant l'accès au métro de personnes très parfumées, ainsi que la vente des fleurs à l'intérieur du réseau.

Une autre fois, avec des pinceaux, des markers, des pistolets, des bombes, nous avons graffité, tatoué jusqu'aux yeux, zébré la totalité des deux mille huit cent quarante-quatre voitures actuellement en service sur le réseau métropolitain. La compagnie a fait interdire la vente des bombes et des markers en magasin ; stylos et crayons sont confisqués aux voyageurs à l'entrée des gares et rendus à la sortie.

Puis Nez-Qui-Goutte-N'amasse-Pas-Morve a été abattu d'une balle de P.38 par un vigile à la station Marcel-Sans-Blague, alors qu'il déchirait une affiche de publicité.

Puis Place-Réservée-Aux-Invalides, amant de Titre-De-Transport, a été lynché par une foule de travailleurs français à la station Chante-Elise-Clémence-Saute, alors qu'il la traversait en catimini avec cinq de ses camarades. Mais l'un d'eux était un indicateur et l'a dénoncé. Les trois autres ont été arrêtés et placés à Fresnes dans le quartier de Haute Surveillance. Ils ont de huit à dix ans.

Puis un de nos cinq villages souterrains a été découvert et détruit par la police, mise sur la piste, là aussi, par un mouchard. L'évacuation a pu se faire à temps grâce à une galerie secrète ménagée sous le plancher, mais on a dû abandonner le bétail (deux vaches, trois chèvres, quatre cochons), qui a été mis en prison, jugé et condamné pour complicité.

Enfin, la Préfecture de Police a mis en circulation des trains blindés armés de canons mobiles et de mitrailleuses, qui sillonnent jour et nuit l'ensemble du réseau.

Alors nous nous sommes organisés en petits groupes de guérilla burlesque, nous avons confectionné des arcs et des flèches, dévalisé les armuriers, munis de poignards et de frondes. Et, sachant comme il est facile de perturber la régularité du service, nous avons scié les pieds des banquettes et les attaches des strapontins dans des dizaines de voitures, et saboté en y déversant des litres de sable et de gravier les escaliers mécaniques et les trottoirs roulants.

Avec de gros clous, nous avons crevé les pneus de plusieurs rames à caoutchouc.

Nous avons créé de monstrueuses paniques dans les plus grandes stations aux heures d'affluence, fausses alertes à l'incendie, coups de feu tirés à blanc, sonorisation poussée au maximum, lancement de gaz fumigène, lâcher de bestiaux et de rats sur les usagers.

Nous nous sommes déguisés en conducteurs, nous avons embarqué un contingent de véhiculés. Nous les avons baladés, enfermés, en leur criant des obscénités par la radio intérieure; une autre fois, nous en avons capturé une centaine, et, sous la menace de nos armes, les avons fait monter et descendre au pas de course, interdiction de s'asseoir dans les wagons, lecture à haute voix de toutes les affiches publicitaires, obligation de sautiller sur place, puis sortie dans les couloirs, en rangs, remontée dans le wagon, la capture a duré une heure, tour complet d'une station déserte en moins de cinq minutes, cela dans le seul but de prouver à tous ces Pressés, ces Absorbés, ces Anxieux, ces Fiévreux, ces Nerveux de la Surface, à quelle ignoble vie ils acceptaient chaque jour de se plier.

Nous avons dévalisé la Morgue, déposé des morceaux de cadavres frais dans les trains et peint en lettres rouges sur les wagons : *Nécropolitain.*

Nous avons arraché toutes les plaques indicatrices du nom des stations et tous les plans du réseau.

Nous avons cloué des rats morts sur les portes d'accès aux wagons, crevé des canalisations d'égouts qui se sont dégorgées dans les tunnels, y entraînant une puanteur immonde ; bref, nous avons semé l'affolement, poussé le désordre si loin que la compagnie a fermé la ligne 6 Trois-Etoiles-Natation entre Monpalace et Bercy-Maucoup ainsi que la ligne 4 de Monpalace à Allez-y-Alesia, deux tronçons de voie qui sont devenus du coup notre propriété exclusive. Chez les usagers, la colère a cédé la place à la peur. Ce sont maintenant des centaines de milliers de personnes qui, n'osant plus se déplacer en métro, prennent le bus, la voiture. Les rues sont bondées, les taxis pris d'assaut, certaines entreprises ont dû licencier du personnel ou adopter la semaine de quatre jours à raison de dix heures quotidiennes.

C'est ainsi que quelques centaines d'enfants ont réussi à désorganiser complètement les transports, et à mettre Paris au bord du chaos.

Entre-temps, Fragment-De-Nuit est morte électrocutée après une chute du toit d'un wagon à la station Rue-de-la-Pompe-à-Merde, et deux vaches de la tribu Aramis-Coussin d'Air ont eu la fièvre aphteuse : Sur les neuf membres du clan initial, il n'en reste que six.

IMPROVISATION
EN SOUS-SOL MINEUR

Lovés dans le ventre chaud de la Terre, nous sommes les galopins à géométrie variable, les mouflets des méandres ténébreux, la vermine au sourire d'amour.

Avec Masque-De-L'Ombre, les douze tribus, le peuple des Rats, des Vampires de Pigalle, les Chiens du Pré-Saint-Gervais, les Goupils de la République, les Lombrics du Père-Lachaise et les taupes des Catacombes, nous avons établi comme suit les statuts de notre nouveau métro.

Attendu :

1. Que le Politain est un tremblement de terre continu du sol de Paris, et que notre objectif n'est pas de reconquérir la capitale mais d'embellir ses caves,

les nouveaux tickets seront des biscuits : à la pâte d'amande, à la pâte gaufrée, au chocolat, au beurre fin, à la brioche; les cartes orange seront remplacées par des tartes à l'orange, les cartes vermeil par des tartes aux cerises, les cartes de famille nombreuse par des pâtes de fruits; les titres de transport seront évidemment comestibles et gratuits;

2. Que le métro est un parcours impératif où aucun espace n'est laissé sans attribution précise, un circuit fonctionnel sans secrets ni mystères où les usagers savent d'avance ce qu'ils devront faire et ne pas faire, s'arrêter ici, rester debout là, sortir par tel couloir, pousser, tirer,
on embrouillera les directions, on encouragera la confusion extrême des espaces et des noms, de façon que les voyageurs vivent ce relatif égarement dans l'euphorie et voient ce fouillis de chemins et de voies comme une énigme captivante que les sous-sols de la ville posent à leur perspicacité;

3. Que le tracé du métro ne répercute pas le tracé des rues qui lui est superposé, qu'il va, vient, tourne à droite, à gauche, se dédouble, s'offre des retours différents de l'aller, bref qu'il est bien le seul élément de fantaisie dans ce chemin de fer par ailleurs si monotone,
on rebaptisera les lignes selon leurs dessins respectifs et particuliers, on jumellera les stations entre elles et avec d'autres gares d'autres métros du monde; les visiteurs s'organiseront en séries, par exemple : série

des carreaux d'émail, des hiéroglyphes tortueux, pour les classiques; série des gémaux, des tubes chromés, pour les modernes; série du tablier métallique et du gabarit, pour les ingénieurs; série des goulots et des culs-de-sac, pour les amoureux de l'impasse; série de la descente aux Enfers, pour les sectateurs de diableries; série des édicules et des kiosqueries orientales, pour les maniaques de l'art nouille; les voyageurs eux-mêmes se répartiront selon leurs habitudes, la longueur de leurs trajets, leurs sympathies respectives; il y aura par exemple : la ligue des Eventails de la Nuit, la ligue des Lutins Véhiculés, des Elfes du Ballast, des Petites Fées du Cloaque, des Vagabonds de la Pénombre, des Sectaires de la Correspondance; chaque rame sera pourvue d'un nom, selon sa physionomie propre, comme : la Dame Blanche, la Coccinelle Véloce, le Mille-Pattes Souffleur, la Favorite, la Diligente, la Batignollaise, la Germano-Praline, la Flèche d'Alésia, la Translutèce-Express, le P.L.M. (Porte-des-Lilas-Montparnasse), la Gazelle des Brumes, la Grimpeuse de la Butte, la Ramadane de Belleville, etc.; enfin, on déformera à volonté les noms des stations actuelles et on adoptera pour les nouvelles gares des appellations elles aussi sujettes à détournement : Notre-Dame-de-Patrie, Clochard Céleste, Gai Savoir, Rocka-Cola, Zazie-Quenelle, Pim, Pam, Poum, Zig et Puce, Ténébrax, etc.;

4. Que les tunnels du métro exhalent un air fétide, et, pour tout dire, que les sous-sols de Paris ont mauvaise haleine,
on variera les parfums aux diverses heures du jour,

selon les stations et les préférences des occupants. On devra autoriser les rames à s'aérer et à sortir quelquefois, ainsi qu'aux automobiles de se réfugier dans les souterrains chaque fois que la lumière les éblouira. L'été, les toits seront ouverts, il y aura des parasols et des voitures à impériale. On ouvrira également comme des coques les plafonds des tunnels et des voies selon le principe des piscines. On rétablira les dancings roulants, et on installera des wagons à plate-forme pour permettre aux fines narines de humer à pleins poumons les odeurs de la terre. On mettra des chaises à musique dans les wagons qui moudront leur rengaine chaque fois qu'on s'assiéra dessus, on laquera les motrices et les remorques, on multipliera les enjoliveurs, les détails inutiles, outranciers, les décorations baroques ; les locomotives auront des nez pointus, des bouches lippues, des joues vermeilles, rien ne sera assez beau, excessif, luxueux, pour cet animal capricieux que sera devenu le métro ;

5. Que la seule résistance des voyageurs à l'horreur du métro est l'indifférence et le mutisme, et que les tentatives d'animation de la Régie échoueront toujours face à cette passivité qui est aussi un refus ; que la gestion des transports souterrains devrait être confiée aux enfants parce que cet univers de tunnels, de branches ténébreuses, de zigzags, cette proximité avec le ventre chaud de la terre leur est plus familière qu'à quiconque ; parce que enfin ils sont mouvement et doivent entrer en possession des organes du mouvement,

on mettra des bouées autour des voitures afin qu'elles remontent en surface les jours d'inondation ; d'immenses parapluies à gouttières abriteront les rames des intempéries, et, pendant les mois d'été, on enduira les flancs des voitures de crème grasse pour leur éviter les coups de soleil ;

6. Que le métro est une stase, que toute cette circulation n'a pour fin que de tout laisser immobile, que nous prenons chaque jour des cyclones gelés,

on fragmentera la composition des trains, certains ne comporteront qu'une voiture, une demi-voiture, et d'autres des dizaines d'éléments variés, on diversifiera à l'infini la forme, l'allure, le galbe, le fuselage des berlines, motrices, tenders, draisines, wagons ; on inventera de nouveaux moyens de locomotion sur rails se propulsant à des vitesses différentes, par exemple des salons roulants pour trois ou quatre personnes, des calèches miniatures très légères pour déambuler sur les toits de Paris — car le métro, bien sûr, s'élèvera dans les airs, à tous les niveaux, porté par de fines structures d'acier et de béton, de même qu'il descendra jusqu'au centre de la Terre par des voies en spirale ou à crémaillère s'inspirant des petits trains des montagnes russes ; ou bien on combinera des véhicules à usages multiples, susceptibles de s'intégrer à un guidage en site propre, d'être tour à tour automobile, wagon, péniche, grâce à des sources variées d'alimentation en énergie et à une carrosserie adaptable ; des mini-cabines programmables, des ascenseurs horizontaux, des chariots à voile rouleront sur le réseau ferré, s'intercaleront entre des rames plus classiques; le métro n'ira nulle part, mais il s'y rendra mieux que les autres;

7. Que le Politain est un champ de délinquances minuscules (resquilles, manches, destructions, vol à la tire), une drogue à la portée de tous, un bazar d'émotions à très bas prix,

on aménagera luxueusement tous les wagons en évitant de reproduire le modèle de division de l'espace aujourd'hui dominant; on cherchera des formules originales sans assigner de fonctions trop précises à telle ou telle pièce; le métro deviendra un lieu d'habitation permanente (au lieu d'acheter un appartement, on achètera une motrice), avec voitures wagons-lits, wagons-restaurants, wagons-bains aux intérieurs raffinés; on y donnera des bals, des grandes fêtes, des concerts mobiles, jour et nuit, selon le caprice, les goûts des voyageurs groupés en séries et décidant eux-mêmes de la construction de tel ou tel prototype, ou du percement ou de la prolongation de lignes; alors, c'est la ville de Paris qui paraîtra terne, tandis qu'on vantera ses dessous superficiels et brillants; alors le métro remontera à la surface, et de honte la ville de Paris descendra sous les trottoirs, rentrera sous la terre;

8. Que les transports en commun réalisent la forme la plus abstraite de grégarisme, où l'autre est votre ennemi parce qu'il vous prend une place; qu'on y entasse des gens qui n'ont rien en commun sinon d'être

de la même matière humaine compressible à merci ; et que pourtant, c'est bien de cette association abusive que naît parfois le charme des voyages urbains ; que l'inattendu surgit toujours du pêle-mêle d'individus tous dissemblables a priori,

on cessera de voir le métropolitain comme une déportation consentie ; on acclimatera des races de rats spéciaux qui s'enrouleront autour du cou des voyageurs à la gorge fragile pendant la durée du trajet ; on veillera à prendre des animaux qui ne ronflent pas en s'endormant ; des chauves-souris, pendues au plafond serviront de poignées de maintien aux voyageurs déséquilibrés ; les bouches d'aération seront embaumées à la cannelle et au chocolat pour les clochards, à l'olivier et à l'encens pour les routards, à l'encre d'imprimerie de billets pour les manchards ; on construira d'autres lignes sous Paris : personne ne se souciera de choisir les trajets les plus courts, les voies affronteront des collines, descendront dans les vallées, connaîtront de nombreux virages, pour les casse-cou, on organisera des déraillements provoqués ; et on pêchera à la ligne sur les trajets aériens ;

9. Que les rames sont émises de façon ininterrompue par l'intestin gigantesque de Paris, ou encore que le métro est un perpétuel accouchement différé, où nous sommes tous des fœtus baladeurs que ne menace aucune naissance, aucune expulsion irréversible,

on transformera le toit des wagons en jardins fleuris, et les jardiniers seront des nains — sinon ils se cogneraient la tête aux tunnels (on les appellera les métrognomes) ; des rats géants, des autruches, des mulets tireront, par amitié, des chariots pleins d'enfants; et inversement, de petits bambins remorqueront des diligences de lapins, de musaraignes, de souris, de lézards, et on alternera dès que la fatigue se fera sentir;

10. Que mon père s'est transformé en femme et que j'ai maintenant deux mamans,

il ne me reste qu'à me dédoubler en jumeau pour retrouver ma sérénité d'enfant unique;

11. Que la Terre, notre planète, est un immense corps qui jouit, crache, éructe, éclate et se brise incessamment, que ses catastrophes ont un caractère hermaphrodite certain, qu'elle n'a pas de centre mais des points d'incandescence pouvant jaillir partout; que le métro, fils de la Terre, irrigateur de ses vaisseaux, se doit d'être déformable et malléable comme elle, sujet aux mêmes éruptions, aux mêmes déchaînements telluriques,

on entrera dans le réseau ferré par toutes sortes d'autres voies que les bouches prévues à cet effet : par les arrière-salles des cafés, par les caves, par les grilles, les trappes des théâtres, les oubliettes des prisons, par la Seine en plongée sous-marine, par les égouts et tous les orifices qu'on voudra bien trouver; aussi les voyageurs auront-ils toujours l'air de tomber du plafond; on profitera de la chaleur des sous-sols pour transformer les entrailles de Paris en vastes jardins tropicaux; on y plantera des bananiers, des dattiers, des amargliers, des sublilis, des asclépiades, des politaniuses, toute une flore exotique de taille moyenne dont on n'avait pas idée en surface ; de petits bassins d'eau pure creusés dans les rochers seront recouverts de nénuphars, de nymphéas, de jacinthes ; sur les fleurs de lotus, on déposera les bébés pour la sieste ; pour peupler cette végétation exotique, on acclimatera des races de perroquets verts bavards et de singes menus à fesses roses ; on pendra des hamacs entre les barres d'appui, et certaines voitures seront pourvues de balançoires ; comme ça, le métro deviendra une vraie jungle ;

12. Que le Politain est un train miniature propre à susciter chez les adultes des réflexes enfantins, un jouet que l'on traite comme un objet sérieux,

toutes les places assises seront munies de ceintures de sécurité ; les traversées de la Seine se feront entre deux parois de verre assez épaisses pour résister à la pression de l'eau, de façon à donner aux passagers la sensation de voyager dans un aquarium ; par d'immenses panneaux limpides comme le cristal, qu'éclaireront latéralement des projecteurs, se déploiera à perte de vue un stupéfiant paysage sous-marin (la Seine aura été bien sûr épurée) ; des bosquets de coraux blancs et roses alterneront avec de blondes prairies de varechs nageurs, de fucus et de touffus bosquets de fleurs d'une variété infinie ; des bancs de carpes et d'anguilles, des saumons roses se colleront aux parois translucides pour regarder passer le train, et des lianes d'une légèreté incomparable flotteront au gré du courant; des bergers en scaphandres, aidés par des chiens à nageoires, garderont des troupeaux de phoques d'eau douce tandis que des jardiniers accompagnés de petites tortues iront cultiver les champs d'algues comestibles du Pont Mirabelle; il existera d'ailleurs un métro amphibie, entièrement étanche comme un sous-marin, en tracé mixte — moitié aquatique, moitié aérien —, qui suivra le fleuve du Pont du Gargouillis-de-Guano jusqu'à la Porte des Charentaises-de-Toutou, passera au-dessus de l'Austère Gare de Litz, survolera le treizième arrondissement, s'enroulera autour du Panthéon, passera au niveau du deuxième étage de la tour Eiffel et terminera sa boucle derrière le périphérique; ce sera un spectacle inépuisable pour les familles que de voir le train émerger des eaux, ruisselant et frais comme une baigneuse;

13. Que le grincement des roues dans les virages ou le crissement des essieux pendant le freinage sont des stridences désagréables,

on inondera les labyrinthes souterrains des musiques les plus différentes, et, pour la première fois, on tentera de capter les harmonies propres au métropolitain; on fera de tous ses accessoires des instruments musicaux; on placera des cordes de guitare dans les poinçonneuses, des vibraphones dans les batteries d'appareils automatiques, des clochettes au bout des poignées de maintien; les moteurs seront couplés de synthétiseurs qui recomposeront les sons émis par les turbines; on captera les effets stéréophoniques des voûtes; les déplacements d'air entre deux rames qui se croisent seront mis en musique; on retraduira les borborygmes des boyaux et des galeries; toute une polyphonie profonde jaillira de l'architecture ferroviaire; chaque train aura sa mélodie particulière; il y aura des lignes à deux temps, à quatre temps; et comme il y a eu la musique cosmique, il y aura la musique chtonienne, les opéras des égouts, les fugues pour soupirails et cachots, les symphonies pour puits et abîmes, les concertos des souffles de l'Enfer, le chant des clapotis souterrains;

14. Attendu enfin que nous émettons désormais sur ondes courtes grâce à notre Radio-36ᵉ Dessous à destination des embouchés de l'Entresol,

nous poursuivrons nos raids sur le circuit officiel jusqu'à ce que la totalité du réseau ferré tombe entre nos mains; et encore notre territoire ne sera-t-il alors qu'une infime partie de cet abîme extravagant, sublime comme une nuit de pleine lune, terrifiant comme un gouffre, que sont les dessous, les merveilleux dessous de Paris.

QUI SONT LES MAÎTRES
DU RAIL SOUTERRAIN ?

JOURNAL DE POSSESSION ORALE
(suite)

1ᵉʳ avril

Malgré la date, je n'ai pas le cœur à rire. Non seulement, comme je le craignais, les parents se sont unis en fédérations de producteurs, mais ce sont eux, maintenant, qui vendent leurs enfants aux enchères. Je ne suis plus maître des prix.

Depuis les « événements » (j'emploie à dessein ce mot insignifiant), j'ai dû évacuer mon appartement du Pont-Neuf qui a été réquisitionné par la police. Pour subvenir à mes besoins, j'ai ouvert un restaurant aux Halles : on y mange mal pour très cher, comme dans presque tous les restaurants parisiens, mais je tiens, en cette époque troublée, à respecter au moins cette règle d'or. Je loue deux pièces au-dessus du restaurant, j'ai mis tout mon mobilier dans un garde-meubles ; mon compte en banque s'est considérablement appauvri. Tout me porte à croire que j'ai subi, ces deux derniers mois, ce qu'on *appelle pudiquement « un revers de fortune ». En cela je m'identifie au destin de la nation tout entière. Car, depuis l'invraisemblable enlèvement de ces neuf écoliers dans le métro, la situation à Paris n'a fait qu'empirer. L'effronterie monumentale de ces marmousets jointe à la maladresse de la police a transformé en véritable guerre ce qui n'était à l'origine qu'un canular. Tant d'éléments douteux ou marginaux se sont infiltrés chez eux, tant de mauvaises actions, tant de brutalités, de part et d'autre, ont été perpétrées que l'affrontement entre forces de l'obscurité et forces de la lumière est désormais irréversible. Je ne porte aucun jugement, je constate. Ces troubles, en tout cas, n'ont fait que porter à leur maximum les nuisances des Parisiens (par exemple, j'ai de plus en plus de mal à trouver de beaux enfants ; je n'en mange plus qu'un ou deux par mois).*

Nous vivons tous en état d'alerte permanente. Depuis que le métro est devenu un pôle d'attraction irrésistible pour les petits, que les fugueurs disparaissent sous terre à plusieurs pieds de profondeur, nous avons perdu le calme et l'insouciance. Une série de lois de plus en plus coercitives rend le quotidien insupportable. Le couvre-feu est décrété de huit heures du soir à six heures du matin. Beaucoup de jardins ont été fermés, rasés, transformés en parkings ; ceux qui restent sont aujourd'hui réservés aux vieillards, aux amoureux, aux solitaires porteurs d'un livre ou d'un journal et désireux de le parcourir des yeux (car la lecture à haute voix est bien entendu interdite). Les seuls bruits autorisés dans les parcs sont donc les murmures, les baisers délicats, le frottement nerveux de deux doigts de pied, les battements du cœur, la respiration des bronches, l'atterrissage d'une feuille sur le sol, le chant d'un oiseau, la progression d'une fourmi dans la poussière, et ces menues fréquences sont contrôlées par un radar qui en mesure les décibels. Les contrevenants s'exposent à des avertissements, à des amendes pouvant aller jusqu'à l'exclusion (c'est ainsi qu'un arbre a été totalement élagué parce que ses feuilles bruissaient trop fortement dans le vent). Les espaces verts de la ville sont des zones de silence obligatoire entourées par le vacarme assourdissant des voitures, des motos et des usines. Leur accès est bien entendu interdit aux impubères : ceux-là n'ont le droit de jouer que dans les cours d'école, sous la surveillance d'appariteurs ; dans la rue, ils doivent marcher en rangs, aucun ne peut aller seul s'il n'est accompagné d'un adulte, les attroupements de plus de cinq petits ne sont pas autorisés. Ce muselage a été renforcé par tout un train de décrets sur l'Ecole (prolongation du temps de scolarité jusqu'à dix-neuf heures chaque jour), sur la circulation (arrestation et emprisonnement de tous les vagabonds), sur le minorat (interdiction de toute relation d'un adulte étranger à la famille avec des enfants de cette famille). Les établissements Prénubil (qui ont été plusieurs fois incendiés) ont commercialisé à grande échelle une machine de triangulation œdipienne accélérée ; parallèlement, a été lancée une campagne de maturation rapide tous azimuts, permettant aux sujets les plus doués de passer leur bac à dix ans et d'entrer dans la vie active dès le début de la puberté. D'ailleurs, la majorité pénale a été abaissée à quatorze ans, et l'âge de raison de sept à quatre ans.

Il faut dire qu'il était temps. La Grande Hémorragie commençait à tailler des coupes sombres dans la population enfantine de la ville. Ils n'étaient au début qu'une dizaine, traqués, vivant de rapines, de mendicité, couchant dans les stations désertes la nuit, disputant aux rats les quelques ordures que jetaient les voyageurs sur les rails. Puis, par on ne sait quel mystère, leur nombre s'est enflé, ils se sont mis à affluer dans les souterrains ; des réseaux de passage furent assurés, toute une *filière d'intermédiaires se mit en place, il y eut même des équipes de recrutement qui allaient jouer la nuit flûte et harpe sous les fenêtres des grands immeubles pour appeler les autres enfants. Dans les foyers, on assista à de véritables scènes de délire : des gamins de quatre ans rongeaient leur laisse des semaines durant et se jetaient par la fenêtre pour échapper à leurs parents-gardiens ; les familles nombreuses louaient des vigiles privés pour monter la garde aux portes des chambres des petits. L'exode dura des semaines. Au total, on a recensé plus de dix mille disparus, garçons et filles de quatre à quatorze ans, probablement réfugiés dans les égouts et le métro.*

La R.A.T.P. a demandé l'aide de l'armée : un véritable cordon sanitaire a été installé autour des stations. On a déposé de la nourriture empoisonnée sur les bancs des gares (gâteaux, glaces, chocolat, quatre-quarts, fruits), mais les seules victimes en ont été les clochards trop gourmands, qui se sont rués dessus. Une commission rogatoire spéciale dotée des pleins pouvoirs et comprenant les principaux chefs de l'armée et de la police a été nommée par le gouvernement : elle siégera jusqu'à ce que les enfants capitulent sans conditions. Elle a décidé en premier lieu d'affamer les bambins, et, pour ce faire, d'organiser le blocus des sous-sols de Paris. Les catacombes, les carrières et les collecteurs sont surveillés jour et nuit par plus de dix mille hommes en armes, dotés d'un équipement de détection ultra-moderne. L'exode est donc partiellement enrayé, le trafic redevenu presque normal ; mais on n'a pas rouvert les lignes fermées le mois dernier, et la peur reste chez les usagers le sentiment dominant. C'est la « Parisnoïa », comme l'appelle un chansonnier célèbre. Tous les travaux à caractère souterrain sont désertés : les égoutiers sont en grève pour une durée illimitée. Certains habitants du quartier Sud et Ouest de Paris ont demandé à être évacués, mais le gouvernement refuse de céder à la panique et leur demande de conserver leur calme. Il prétend avoir la situation bien en main. Déjà les attaques de rames se font plus rares (les dernières ont été meurtrières pour les petits : quinze tués), tout est fait pour qu'aucun enfant ne puisse sortir du métro et aucun y pénétrer. La situation devrait se dénouer dans les semaines à venir. J'ose l'espérer.

4 avril

A cause de ces bambins, les prisons sont à nouveau surpeuplées, et l'on doit entasser les nouveaux détenus dans des hangars, des écoles désaffectées. Heureusement que les bâtiments scolaires ont été construits sur le même modèle que les prisons, cela permet une meilleure surveillance des petits forçats. On va peut-être rétablir les bagnes, mais une partie de l'opinion publique penche pour enfermer les délinquants dans des stades. Personnellement, je n'ai pas de préférence.

7 avril

De jeunes mariés, paraît-il, refusent de procréer de peur d'être abandonnés quelques années après la naissance par leur progéniture. C'est bien le monde à l'envers ! Un quotidien fait par ailleurs état d'une rumeur selon laquelle les rebelles seraient aidés dans leur travail de sape par une race de taupes géantes. Que n'essaie-t-on pas de nous faire gober ? Il est sûr, en tout cas, qu'il y a parmi eux des adultes. La police en a arrêté deux hier, aux abords de la station Beauchicot : ils ont prétendu appartenir à la « tribu » des Peaux de Balle et Balai de Crins. Ils seront probablement guillotinés la semaine prochaine, selon la procédure de justice expéditive mise en place depuis deux mois.

8 avril

Petite farce à midi au déjeuner : j'ai servi pour des rognons, à un monsieur de province, les testicules de mes dernières « victimes » mâles. Il ne s'est aperçu de rien, m'a félicité pour la qualité du plat. Comme quoi, même en temps de guerre, il y a place pour l'espièglerie.

10 avril

Il est 17 h 45. Je prends le dernier métro (le réseau ferme à 6 heures du soir, rouvre à 6 heures du matin). Je suis allé faire des courses dans le XIVe et dois me hâter pour préparer le dîner, mettre le couvert, afficher le menu. Mais ce soir, le dernier métro est en retard. La station est noire de monde, personne n'est assis, et l'on sent dans cette foule une certaine impatience qui tournerait vite à la nervosité si les quais n'étaient gardés par des soldats, arme à la bretelle. Quand la rame arrive, nous remarquons immédiatement que le wagon de première est interdit au public, tendu de noir aux fenêtres : des policiers en treillis, armés de fusils-mitrailleurs, bloquent l'accès aux portes. Qu'y a-t-il dedans ? Des explosifs ? Des hommes de troupe ? Craint-on une attaque ce soir ? Nous nous entassons, vaguement inquiets, dans les quatre wagons restants, eux-mêmes gardés par des supplétifs en tenue. Je suis debout, toutes les places assises *sont occupées par des femmes ou des personnes âgées. De temps à autre, je perçois comme des couinements venant de la voiture camouflée. Qu'est-ce que ça peut bien être? Le train, comme chaque soir après quinze heures, va directement de Mon Apache Bienvelü à L'Ode-à-Léon sans s'arrêter aux stations intermédiaires, désormais fermées en attendant la normalisation du trafic. Nous passons Simple Acide à peine éclairé de quelques lumières, je me raccroche à la barre dans un virage assez sec, le métro accélère, voilà Cinq Supplices, complètement délabré et saccagé, bancs arrachés de leurs socles, panneaux publicitaires brisés en miettes, cabine du chef de station incendiée. Les petits vandales sont passés par là. Encore un tunnel, une courbe, une ligne droite, nous traversons maintenant Saint-Germe de Blé. Le convoi accuse soudain une secousse et s'arrête dans un grand crissement de roues : nous tombons tous les uns sur les autres. « Les enfants! » crie une dame. Nous écarquillons les yeux ; à travers l'enfilade des wagons, je les aperçois en effet : ils ont édifié un barrage de poutres, de traverses à la sortie de la station. C'est un guet-apens! Ils déboulent de partout, des voies où ils étaient cachés, des bancs sous lesquels ils étaient tapis, et même des couloirs de correspondance. Ils sont là, en haillons, les uns pieds nus, d'autres chaussés de sandales, cinquantaine de petits corps, garçons et filles étrangement pâles, aux longs cheveux bouclés, ils ressemblent à des pirates de bandes dessinées ; certains ont le visage masqué de foulards. Ils sont d'une beauté stupéfiante. Ah! si je n'avais pas si peur, je me laisserais chavirer. Ils se ruent sur notre train, armés de lance-pierres, de sabres, d'arbalètes, de coutelas, d'arcs et de flèches, cela tient à la fois de l'abordage des corsaires et de l'attaque de la diligence. « Couchez-vous par terre! » hurlent les militaires de notre voiture, « et surtout, pas de panique. » Chacun obéit dans un silence plein d'appréhension, nos gardiens semblent étrangement calmes, ils ont défait le cran de sûreté de leurs armes et couchent les assaillants en joue. Les vitres volent en éclats, je risque un œil, la horde enfantine n'est plus qu'à un mètre de la rame. Mais pourquoi ne recule-t-on pas ? Certains ont déjà entrepris d'escalader les voitures, ils crient, hurlent, s'encouragent, ont la face bariolée de poudre jaune ou bleue, ou sont tatoués sur la poitrine et les bras. Enfin, une rafale de mitraillette fauche les premiers attaquants. Je tourne la tête : du wagon de première, des hommes vêtus d'étranges tenues de cosmonautes de la tête aux pieds, avec des émetteurs radios autour du cou, sortent d'énormes caisses de bois blanc qui paraissent très lourdes. Ils sont couverts par des policiers armés. Pourquoi toute cette mise en scène ? Les enfants eux-mêmes semblent surpris et leur élan connaît une pause.*

Alors, avec des leviers de fer, les caisses sont éventrées et il en jaillit un flot de fourrure grise qui pousse des cris perçants : aussitôt, une espèce de stridence infernale remplit toute la station, et les rats — car ce sont des légions de gaspards énormes, au poil gris, que contiennent les caisses — se ruent sur les enfants. Ce bruit déchirant, je le comprends, dirige les bêtes : il s'agit d'ultrasons produits par les émetteurs des « cosmonautes ». Voilà donc l'arme secrète que les experts du Département stratégique mettaient au point depuis des semaines !

Tout le monde dans le wagon s'est relevé pour assister au carnage. Malgré ma haine pour les bambins, je ne puis réprimer un frisson d'horreur devant l'épouvantable boucherie qui commence. Face à la multitude grouillante des rats, miochons et miochonnes tournent casaque : ils fuient, s'égaillent en hurlant. C'est la déroute totale, une désagrégation inouïe. Toutes ces bouches qui criaient tout à l'heure restent béantes. Les rats, pris d'une incroyable fureur, s'élancent, volent, taillent, hachent, tuent, exterminent. Ils se jettent sur les fuyards, grimpent sur leurs jambes à l'aide de leurs griffes tranchantes, gagnent les épaules, mordent dans la nuque dont ils arrachent les chairs, les font trébucher et les dévorent sur place. Le sol du quai est couvert de sang, de souliers abandonnés, d'armes brisées, de vêtements déchirés, de morceaux de peau, de bras arrachés, de doigts sectionnés. On s'écrase, on se foule, on marche sur les morts et les vivants. Les bras sont éperdus. Quelques enfants essaient de se réfugier dans les wagons, mais les policiers les abattent à bout portant. Le massacre est irréel : c'est un cauchemar auquel la lumière glauque du néon confère un aspect lugubre. En cinq minutes, la station est nettoyée de tous ses occupants. Quelques cris, encore, quelques convulsions, puis c'est le piaillement de la vermine qui se repaît des derniers cadavres, lacère les corps, incise les chairs. Puis un son étrange, un son lancinant et continu retentit depuis le wagon de première. Alors, c'est le piétinement de centaines de rats qui retournent à leurs caisses comme mus par un ordre, c'est un fleuve de trognes hideuses qui se lèchent les babines, la foule répugnante des surmulots qui revient de la guerre, mission accomplie. Dans notre voiture, plusieurs femmes s'évanouissent. Je me penche par la fenêtre et vomis des flots de bile. Je comprends que nous avons servi de cobayes aux militaires, et que je viens d'assister au premier épisode de la reconquête du Paris souterrain.

Allez jouer ailleurs.   8.

27 avril

Depuis la nouvelle tactique inaugurée par les forces de pacification du métro, plus de trois mille enfants ont été mis hors de combat, mille cinq cents capturés et placés dans des centres de rééducation, trente exécutés après jugement. Le gouvernement a enfin révélé au public l'arme terrible qu'il avait mise au point contre les petits rebelles, et ce grâce au concours de spécialistes russes, américains, japonais et chinois de la guerre bactériologique : des rats gris de grande taille, porteurs de germes terribles, obtenus en laboratoire à partir de radiations atomiques émises sur des rats d'égout. Les animaux mutants, les « ratomes », comme on les appelle, ont été expérimentés pendant un mois, dressés à ne manger que des enfants et à n'attaquer que des êtres de petite taille. On a trouvé un vaccin destiné à protéger la population légale d'un éventuel retournement des rongeurs. Puis on en a fabriqué ainsi quarante mille dans les labos du C.E.A., quarante mille qu'on a lancés le jour J, dans le plus grand secret, sur la totalité du réseau métropolitain.

La surprise a été foudroyante : les gosses, terrorisés par les petits carnassiers, ont à peine riposté ; les milliers de chats et de chiens qui vivaient avec eux ont été mis en pièces par les rats sans avoir même pu protéger leurs petits maîtres des gaspards qui les pourchassaient. Beaucoup de leurs cachettes ont été ainsi découvertes et mises à sac. La police a trouvé sous le métro une véritable ville. On a du mal à croire que les enfants seuls soient à l'origine de ces substructures fantastiques. Seraient-ils secondés par quelque Esprit, quelque Peuplade supérieure ? Les interrogatoires commencés sur les prisonniers n'ont pas encore donné de résultats tangibles. (A ce propos, une organisation humanitaire anglaise a protesté contre les méthodes barbares employées par la police pour soutirer des renseignements aux rebelles. Mais un sondage révèle que quatre-vingt-quatorze pour cent des personnes interrogées approuvent la radicalité des moyens entrepris ; d'ailleurs, plusieurs manifestations de masse dont le caractère spontané ne fait aucun doute ont acclamé l'équipe au pouvoir.)

Il est vrai que les succès sont évidents : le métro a récupéré toutes ses lignes, rouvert l'ensemble de ses stations, repris ses anciens horaires. Une grande partie du matériel volé à la compagnie a été retrouvée. Le couvre-feu a été réduit, la sérénité revient peu à peu parmi les usagers, Paris retrouve son visage souriant. Enfin, je vais pouvoir reprendre mes festins de chair enfantine !

30 avril

Stupéfiant, invraisemblable ! Je n'ose y croire, et pourtant la photo est là, sous mes yeux, dans le journal que je feuillette. L'homme qui avait enlevé les neuf écoliers la nuit du Nouvel An, le suborneur infâme, le meneur de cette troupe de pantins hagards, l'organisateur des attentats contre le métro, l'architecte dément des douze villages souterrains n'était autre que le directeur de la R.A.T.P. lui-même ! Il vivait sous une double, et même triple identité. Déguisé en clochard, il se faisait appeler Kikessessoi (et moi qui avais toujours pris ce vieux poivrot pour un inoffensif imbécile !) ; ou bien se donnait les traits d'un vieil employé, ou même se grimait en agent de police. Cette diversité d'apparences lui permettait de passer d'un monde à l'autre et de renseigner ses petits protégés sur les projets des autorités.

Comment, par quel prodige pouvait-il le jour occuper son poste de président-directeur de la Régie, et la nuit courir galeries et corridors en compagnie des marmots, c'est un point qui n'a pas encore été éclairci. Quel épouvantable exemple de duplicité que cet individu ! Maître en surface, rebelle sous terre, avec des dons évidents pour l'escamotage et des penchants non dissimulés à la pédérastie. J'aimerais en savoir davantage sur lui, lire le récit complet de ses aveux ; hélas ! l'opinion publique réclame sa tête sans délai, plusieurs milliers de personnes campent jour et nuit sous les fenêtres de sa prison, je crains que son procès ne soit écourté. Quel dommage ! La vindicte de cette foule est ignoble, et nous prive de révélations passionnantes.

3 mai

Comme je le craignais, c'est aujourd'hui qu'on exécute Masque-de-L'Ombre : c'était son nom de guerre. On sait maintenant qu'il n'a été capturé que sur dénonciation d'un de ses collaborateurs qui avait découvert un jour, dans son bureau, par hasard, en cherchant un papier, tout un paquet de vieilles hardes puantes caché dans un journal. Intrigué, il avait filé son patron, remarqué son étrange manège, ses déguisements ; fidèle aux consignes de délation obligatoire, il s'était rendu à la police. Une discrète enquête avait confirmé ses soupçons.

Actuellement, plus de cent mille personnes manifestent aux abords de la Santé en criant : « A mort, à mort ! » Cet homme va devenir un bouc émissaire facile ; il permettra de disculper les enfants de leur révolte, puisqu'il porte à lui seul la responsabilité de leur détournement.

4 mai

On les croyait terrés, vivant dans le repentir et l'effroi. Ils ont encore frappé et de manière superbe. Jugez-en : cette nuit, ils ont scié l'île de la Cité et l'île Saint-Louis, qui, emportées par le courant de la Seine, ont été retrouvées quarante kilomètres en aval de Paris. Pour un peu, deux arrondissements de la capitale et la plus belle cathédrale du monde dérivaient, comme des icebergs, sur les flots pollués de la Mer du Nord ! Sans doute ont-ils voulu venger leur Maître, Ami et Protecteur.

Pourtant, les media ne montent pas l'affaire en épingle. Aussi spectaculaire que soit cet attentat, il est perçu dans le public comme un acte désespéré. On estime à mille ou quinze cents le nombre de bambins encore tapis sous notre ville : affamés par le blocus, leurs conditions d'existence doivent empirer chaque jour et le moment de leur reddition est proche. La police recherche activement trois de leurs meneurs les plus actifs, ceux qui se font appeler ridiculement les Pets Nickelés, trois garçons. Aucun n'a plus de treize ans. Leur signalement a été affiché partout ; une forte somme et l'amnistie totale est promise aux enfants qui aideraient à leur capture.

Bref, la situation continue à se normaliser : tout un train de mesures libérales entreront prochainement en vigueur, les règlements scolaires seront bientôt assouplis (on prévoit pour la rentrée de septembre la suppression des chaînes et des boulets aux pieds des écoliers). Puis on rétablira la libre circulation des petits dans la rue, on reculera d'un an l'âge d'entrée en analyse (3 au lieu de 2), et peut-être que dans six mois, ils auront à nouveau le droit de prendre le métro accompagnés seulement d'une nurse ou d'une gouvernante. Je vais déposer une demande afin de réintégrer mon appartement de l'arche du Pont-Neuf. Le cauchemar est presque terminé.

25 mai

Demande acceptée ! Mon logement me sera restitué au début de l'été. Tout va bien. Voilà trois semaines que le métro fonctionne sans anicroches. Tous les villages des factieux ont été démantelés les uns après les autres, et même si leurs chefs demeurent introuvables, cette aventure connaît sa conclusion.

Pour fêter cette bonne nouvelle, je suis allé au cinéma ce soir ; j'y ai passé quatre heures en célibataire sur les grands boulevards. J'ai d'abord vu Maciste contre Hercule, *un classique hollywoodien, puis* Les Sabots de la Reine de Saba, *une comédie de boulevard traitée sur le mode antique ; les yeux me piquent, je rentre chez moi par le dernier métro, j'ai hâte d'arriver, de sortir au plus vite de ce boyau hideusement éclairé au néon.*

Mon wagon est presque vide. Là-bas, au fond, une blonde me tourne le dos. A Réamour montent deux punks en cuir, lames de rasoir en pendentifs, grosses lunettes noires, rouflaquettes, cheveux en brosse. Ils s'asseyent à côté de la blonde et la fixent. Passe Etrenne-Ma-Selle, personne n'entre, le train redémarre, tout est calme, les deux punks parlent avec la fille. Craint-elle quelque chose ? La voie suit une courbe, tiens, plus d'électricité, le métro ralentit, c'est désagréable ce noir complet. De toute façon, on arrive aux Halles. Bizarrement, la station elle aussi est éteinte. On distingue vaguement des formes noires, sans doute les voyageurs qui attendent. Il doit y avoir une panne sur le secteur. Le métro stoppe, les loquets des portes sont débloqués.

Et brutalement la lumière revient, ce sont même de gros projecteurs, qui sont braqués sur la rame immobilisée. Stupeur! Je me frotte les yeux : mais non! Ce n'est pas un cauchemar : les quais sont noirs d'enfants, et, qui plus est, la moitié d'entre eux sont juchés sur des poneys à longue crinière. Comment osent-ils ? En plein centre de la ville ? Nous les avions crus tous morts ou agonisants. Je reconnais un de leurs meneurs, Jolie-Mentalité, cette fille de douze ans qui est à l'origine de tout. Son vrai nom est Encre-Bleue. Tout le monde la disait noyée dans le grand collecteur de Sébastopol; c'était l'amante de Masque-De-L'Ombre. Elle tient à la main une flûte de Pan. A ses côtés, se tiennent également sur leurs petits chevaux les trois Pets Nickelés, eux aussi une flûte à la main. Plus loin, je reconnais encore deux autres bambins, Pinochiotte et Blanche-Verge (pourquoi ce parti pris de vulgarité dérisoire dans le choix de leurs noms ? Je ne sais. Désir peut-être de ridiculiser la mythologie enfantine). Combien sont-ils ? Cent ou deux cents, groupés en masse, armés comme autrefois de frondes et d'arcs. Beaucoup d'entre eux sont nus, leur visage est peint, strié de bandes rouges et noires, ils portent tous de longs cheveux, sauf un qui a le crâne rasé. On dirait de petits Indiens, certains n'ont pas plus de six ans, je crois rêver, assister à un mauvais film, à une caricature de western tournée en studio dans un sous-sol. Mais non, ils rient tous et se rapprochent à pas lents de notre train, c'est l'attaque du convoi postal version parisienne, le retour farcesque de l'époque américaine, la confusion du spectacle et de la vie. Alors tout va très vite, je n'ai pas le temps d'enregistrer tous les faits, je vois seulement ceci : les deux flics du wagon de première (il n'y a plus maintenant que deux gendarmes par rame) sortent, mitraillette à la main, et d'une voix mal assurée s'écrient :

« *Au nom de la loi, jetez vos armes, vous êtes en état d'arrestation.* »

Les marmots partent tous d'un grand éclat de gaieté irrépressible. Aucun ne bouge sauf un petit qui, là-bas, au bout du quai, ajuste sa fronde, vise lentement, je suis trop noué pour crier : un des agents s'écroule, la tempe fracassée par un boulon. Presque en même temps, l'autre est abattu d'une flèche qui lui traverse la gorge. La blonde se met à hurler et sort en courant, elle se jette sur le premier rang des enfants, les gifle, les renverse, aucun ne bouge ou n'essaie même de se défendre, mais la haie des bambins s'ouvre pour laisser le passage à un énorme loup, monté par un mouflet minuscule qui rit, se tient à ses oreilles, tire ses poils. La bête gronde, ouvre une gueule menaçante et se jette sur la fille. Ses dents se referment sur sa nuque et on entend le craquement des os, et les piaillements du bébé qui a du mal à garder son équilibre à cause des mouvements de sa monture. Alors Jolie-Mentalité porte la flûte à sa bouche. Il en sort un son aigrelet et strident, une seule note portée à son maximum d'acuité et soutenue indéfiniment. Deux de ses acolytes descendent de cheval, entrent dans le wagon de première classe, en sortent les trois caisses de rats (qu'on promène en permanence dans chaque train depuis un mois). Les rongeurs semblent affolés ; que vont-ils en faire ? Une horrible pensée me traverse l'esprit : je ne veux pas y croire. Ils ouvrent les caisses, et ce que je n'osais imaginer se réalise : les rats sortent un à un, ils ont l'air désorienté, reniflent les petits sans les attaquer ; une autre flûte se met à jouer, et contre toute attente, la vermine fait volte-face, se précipite dans les wagons et saute sur les passagers. C'est terrifiant : les petits rebelles ont réussi à capter les ultrasons qui dirigeaient les gaspards et les ont retournés contre nous.

Une vaste langue de plusieurs centaines de bestioles glisse sur le quai, gagne centimètre par centimètre, pousse des pointes, des tentacules dans tous les coins, recouvre lentement la totalité de la station. C'est une véritable marée grise qui bondit à l'assaut du métro, ronge les portes fermées, saute par les fenêtres entrouvertes, se lance à la gorge des voyageurs. La panique gagne hommes et femmes qui s'éparpillent en tous sens, se battent, tombent au milieu des surmulots déchaînés qui forment un implacable rempart, mordent, griffent, arrachent les vêtements et les peaux avec un acharnement frénétique. Ceux des passagers qui essaient de descendre sur le quai sont couverts de rats en quelques secondes et dévorés sur place. Dès qu'un corps tombe, les assiégeants des premières lignes le tirent en arrière et le livrent à leurs congénères qui s'en repaissent immédiatement. Ce sont des démons qui attaquent, des spectres qui résistent. Il n'y a pas de quartier. J'assiste là à une scène de l'enfer que je ne pourrai oublier, si j'en réchappe. Rien ne manque à cette tuerie, il n'y a pas d'horreur qui ne nous soit épargnée : un homme se débat en hurlant sur le plancher d'un wagon, les jambes entièrement dévorées, tibias et fémurs apparents. Un rat lui mange la face, un autre est entré dans sa bouche et extirpe sa langue. Une femme à demi nue court sur le quai, un rongeur saute sur ses cuisses, y plante solidement ses griffes, avance vers le ventre et d'un coup de dent mord le pubis, un flot de sang inonde les jambes de la victime, elle tente de fuir encore, se tient le bas-ventre puis s'écroule, aussitôt recouverte par les rats qui entament ses épaules et ses fesses. Et, comble de l'horreur, comme si les architectes de cette sauvagerie eussent voulu ajouter la gaminerie à l'épouvante, les enfants rient de ce massacre, singent les agonisants et miment les convulsions des adultes qui succombent. Mais je n'ai pas le temps de m'apitoyer, j'ai la chance d'être dans une voiture de queue, et seuls une dizaine de surmulots sont arrivés dans la nôtre et attaquent les deux punks qui tentent de s'échapper. Je risque un coup d'œil sur le quai : tous les enfants partent en colonne, les uns derrière les autres, apparemment insensibles au carnage. Ils ne se retournent même pas et s'enfoncent dans les tunnels en direction de la Porte de Cligne-Encore. Le loup au nourrisson ferme la marche. Seuls Jolie-Mentalité et ses deux lieutenants continuent à jouer du fifre. Brusquement, un bruit à côté de moi : un rat s'est glissé sous la banquette et me fixe, m'arrache au spectacle, la gueule écumante ; au moment où je m'apprête à fuir, il bondit, s'accroche à ma hanche, ses dents se plantent dans le gras de la taille. Je chancelle, le rat est d'un poids énorme, pas moyen de lui faire lâcher prise, une douleur atroce me gagne. Alors je me cogne volontairement contre le chambranle de la porte, plusieurs fois, sans répit ; la tête du rat gicle contre le fer, son crâne est broyé mais sous le choc ses dents sont entrées loin en moi. Il tombe enfin, et son énorme masse fait un bruit mou en atterrissant sur le sol. Ma chemise, ma veste sont rouges de sang. Mais un autre rat apparaît, il pousse un cri aigu, il a les yeux injectés ; ces bêtes sont folles, elles doivent être affamées. Cette fois, il ne s'agit plus de s'enfuir, je le shoote immédiatement comme un ballon, le coup lui casse les dents et lui ouvre le museau. Le rongeur un instant étourdi revient à la charge, il découvre ses mâchoires sanglantes et produit avec la gorge une espèce de grognement rauque : je lui envoie un autre coup de pied et je me félicite d'avoir des bottes aux bouts pointus, car cette fois le choc lui a tranché le cou, et sa tête pend détachée du reste du corps. Je dois partir à tout prix mais je suis cloué sur place par la prolifération de cette race maudite. Devant moi, la scène est macabre : l'un des deux punks est allongé dans l'allée centrale, quatre rats grouillent sur lui, un lui dévore le ventre, deux autres percent son crâne à coups de dents, le dernier sectionne sa jambe à hauteur du genou; l'autre loubard est debout, ses lunettes se sont brisées par terre, il se défend maladroitement, gesticule de façon dérisoire contre un commando de rongeurs qui l'assaille; et quand l'un d'eux remonte le long de sa jambe de pantalon, se tient à son sexe qu'il dépèce et laboure, l'agressé comprend qu'il est perdu et se met à pleurer de terreur. Malgré eux, ces deux gandins m'ont sauvé, sinon je succombais. Maintenant tous les enfants sont partis, même Jolie-Mentalité et ses compagnons. Le champ de bataille est presque tranquille; seuls quelques appels au secours, quelques sanglots traversent le silence, j'entends le froufrou des rats qui grouillent dans les autres wagons. D'un bref coup d'œil, je m'assure qu'il n'y a personne sur le quai en direction de Chatelette. Je ne vois qu'un gaspard qui lape une flaque de sang. Je dois faire vite; dans quelques minutes, je les aurai tous à mes trousses.

Mais pourquoi aucun métro ne passe-t-il en sens inverse? Les enfants ont-ils lancés des attaques simultanées sur tous les points du réseau? Si oui, un épouvantable massacre a dû commencer sous Paris, les assassins en fourrure grise se sont retournés contre leurs créateurs. La vengeance des gamins est d'une cruauté monstrueuse. Ma hanche me fait mal, le sang glisse dans mes chaussettes, clapote dans mes bottes. D'un bond, je descends sur le quai, enjambe les têtes mortes, les cadavres déchiquetés d'où ruissellent de longs fils rouges et fumants, et me dirige à pas vifs vers l'escalier de descente sur la voie. Toutes les lumières ont sauté, il ne reste le long des murailles qu'un éclairage de jalonnement qui permet à peine de distinguer le tracé des rails. Je dois prendre garde à ne pas me faire électrocuter, progresser dans l'espace étroit qui sépare la piste de roulement de la paroi. La clarté de la station expire à dix pas du point où je suis, et fait à peine une blancheur blafarde sur quelques mètres. Au-delà, l'opacité est massive : y pénétrer me paraît horrible, je crains d'être englouti. Il le faut cependant, et je dois même me hâter. L'ombre qui m'enveloppe entre dans mon esprit. Je marche dans une énigme. Comment sortir de là? Echapper à l'odieuse vermine? Trouverai-je une issue à temps? Vais-je rencontrer l'inextricable, l'infranchissable?

 Soudain, en tâtonnant contre le mur, je découvre à ma gauche un orifice qui est juste à ma taille, une sorte de boyau qui part perpendiculairement à la voie ferrée. J'ai intérêt à quitter le réseau officiel qui doit être infesté de petits guerriers et de rats. Il vaut mieux s'enfoncer dans ce dédale, se fier à cette noirceur et s'en remettre à la providence quant à l'issue. J'avance à tâtons, le sol est boueux, une légère odeur de pourriture flotte dans l'air, il me semble apercevoir devant moi une succession d'arceaux qui se déroulent comme les contre-nefs d'une cathédrale gothique. Je me retourne souvent pour voir si personne ne me suit, je crois distinguer des ombres noires, indistinctes, terribles, je retiens mon souffle, m'arrête. Rien! J'ai dû rêver, mon imagination me joue des tours. Les ténèbres sont propices aux hallucinations. Je marche longtemps, la douleur de ma hanche gagne maintenant la jambe gauche, je constate avec terreur que je m'affaiblis d'instant en instant. Subitement le sol change d'aspect. Il paraît bouleversé, convulsionné par un exhaussement violent des couches inférieures. En maints endroits, des enfoncements ou des soulèvements attestent une dislocation. Je comprends, mais trop tard, qu'il y a eu un affaissement de terrain, que la galerie s'écroule, qu'il y a en dessous un gigantesque chaos de pierres et de sable éboulés. Je n'ai pas le temps de reculer, je tombe dans le trou et perds conscience.

Je me réveille, entouré d'une odeur infecte, le nez dans une fange qui soulève le cœur. Je suis encore vivant, par quel miracle ? Au-dessus, j'aperçois les bords proches de l'excavation qui se découpent comme le pourtour d'une gigantesque lunette : par chance, je ne suis pas tombé profond. Je me trouve dans une galerie inférieure, parallèle à la première. J'ai dû me recevoir sur un tas de terre meuble. J'ai un horrible mal de tête et dans la bouche un goût de sang et d'eau saumâtre. Suis-je seul ? A travers l'engourdissement, je perçois près de moi une présence, comme si plusieurs petits corps m'entouraient, palpitant vaguement. J'ouvre grand les yeux : plusieurs points brillants d'un jaune vif, comme un congrès de spectres, m'observent. Les rats ! Ce sont eux, ils ont retrouvé ma trace et m'encerclent. Je suis tombé d'un enfer dans l'autre ! Mais je ne tressaille même pas, je ne veux plus me défendre. Du fond de ma détresse, je ne ressens ni douleur ni terreur : s'ils m'ont repéré, qu'ils en finissent vite, que leurs lourdes pattes viennent sur mon corps, que leurs griffes s'enfoncent dans mon cou, qu'ils me rongent, me déchirent, grouillent sur moi de leur multitude avide. Le désir de me tasser et de laisser la mort venir me submerge. C'est alors que je suis ébloui par le faisceau d'une lampe. Derrière la foule curieuse des gaspards, quelqu'un tient une torche, un être de petite taille. Je m'aperçois également qu'il tient dans son autre main un faisceau de cordes qui se dirige en éventail vers le cou de chaque rongeur. C'est un enfant, un seul enfant qui tient en laisse tout un groupe de rats. Je discerne mal son visage, je remarque seulement qu'il est pieds nus, que le bas de son pantalon est déchiré. Cette apparition dans la nuit horrible de la tranchée a quelque chose d'insolite qui me bouleverse. Les bêtes tirent sur leurs laisses, couinent, poussent sur leurs arrière-trains, s'excitent au meurtre.

« *N'aie pas peur*, dit une voix claire et tranquille, *je ne les lâcherai pas.* »

Je balbutie quelques mots incompréhensibles. Alors le petit bonhomme baisse sa lampe vers le sol et dit encore :

« *Nous te connaissons bien. Désormais, tu t'appelleras Ténèbres Gloutons.* »

PIGEON VOLE

Qui a pris l'initiative? La D.S.T. (Dubonnet, Suze, Téquila)? Le S.D.E.C. (Salmonellose, Diphtérie, Entérite, Colibacillose), le ministère de l'Intérieur ou simplement un groupe paramilitaire à la solde du pouvoir? Peu importe.

Toujours est-il que, vers la fin juin, il y eut au Nord de la France des crues importantes consécutives à de violentes pluies. Les eaux de l'Yonne, du Loing, de l'Oise, de la Marne, bientôt rejointes par celles de la Loire, montèrent formidablement. Le 28, la navigation sur la Seine fut interrompue. Le 30, le quai de la Rapée fut submergé, la voie express rive droite inondée sous dix centimètres d'eau, fermée à la circulation. Toutes les caves des riverains furent noyées par les infiltrations abondantes en provenance du lit du fleuve. C'est ce moment-là que choisirent d'obscures forces de ressentiment pour mettre à exécution leur entreprise criminelle. Dans la nuit du 1er au 2 juillet, des hommes-grenouilles firent exploser à la dynamite tous les caissons métalliques du métro immergés dans la

Seine, et qui contiennent les stations avec leurs quais et leurs doubles voies.

Les conséquences en furent désastreuses : la totalité des lignes latérales ou proches de la rivière se trouvèrent englouties sous des millions de mètres cubes d'eau bourbeuse. Les catacombes, les carrières souterraines furent comblées en quelques minutes par des tonnes de vase et de sable aquifères. Chose plus grave, les postes d'épuisement des eaux avaient été sabotés peu avant l'attentat, et le métro n'étant plus alimenté que par des batteries d'accumulateurs et des groupes électrogènes d'urgence, il fut impossible d'éponger les centaines de millions de mètres cubes infiltrés dans les tunnels. Cela se solda par une véritable catastrophe, pour les insurgés comme pour les assaillants : les égouts dégorgèrent un chaos d'ordures qui se précipitèrent dans l'écheveau des voies et recouvrirent tout sous des mètres d'immondices. Plusieurs centaines d'enfants et d'animaux périrent sur le coup, des rames entières furent vomies dans les rues par les bouches saturées. Seules les stations les plus hautes ou les plus éloignées du bras du fleuve échappèrent au déluge : la nappe d'eau souterraine s'étendit jusqu'à deux kilomètres de part et d'autre du centre de la ville, décrivant une sorte de polygone qui culminait au nord-est à Saint-Barjot touchait VictoRugueux et Mickey L'Ange-Molly-Tord-Boyaux à l'ouest, Pasteurisé et Vaginrare au sud, Diderot-Rouillé et Charogne à l'est. Et la Seine, orgueil de Paris, tant célébrée par les artistes et les poètes, la Seine se vida comme une baignoire par tous ces trous pratiqués dans son lit. En quelques heures, son cours majestueux fut asséché sur au moins cinquante kilomètres, et de la vaste rivière aux méandres si capricieux ne restèrent çà et là que des flaques fétides où surnageaient des écrevisses, si perturbées par la pollution qu'elles allaient maintenant à l'endroit, comme tous les crustacés. Cette hémorragie du cinquième cours d'eau de France eut des suites tragiques pour la capitale, les robinets étaient à sec, les habitants commencèrent à souffrir de la soif; le métro se trouvait hors d'usage; après le dernier revers des forces de l'ordre, le gouvernement avait préféré détruire ce service public plutôt que de le laisser entre les mains des émeutiers. La béance dans le lit de la Seine était si profonde que tout le système fluvial du pays s'en trouva modifié en conséquence; le niveau de la Manche baissa de plusieurs mètres, les marées reculèrent, découvrant d'immenses étendues de plages le long de la côte normande. Et les flots de la Seine pénétrèrent si loin dans l'intérieur de la Terre, se précipitant de gouffres en puits, à travers tranchées et sentines, qu'ils faillirent éteindre le feu de l'Enfer et trempèrent jusqu'aux os Satan et ses démons; les relations diplomatiques entre le diable et l'Etat français furent rompues, ce qui enchanta le Vatican.

Entre les deux berges de ce qui avait été une rivière, on retrouva tous les vestiges des dix dernières années de l'histoire française : motos de toutes marques, scooters, mobylettes recouvertes de coquillages, machines à écrire, postes de radio, téléviseurs, frigidaires, quantité de bouteilles de verre et de plastique, de chaussures, de bidons, de casseroles, et aussi des hublots du paquebot France, un morceau du nez de Concorde, des déchets atomiques descellés, des explosifs éméchés et des cadavres : cadavres de travailleurs immigrés de tous les pays (certains étaient là depuis 1962), cadavres de chômeurs, de suicidés, de chats et de chiens crevés, d'arbres enchaînés à des poids de fonte, cadavres de fleurs, d'oiseaux, d'enfants, de poèmes, de renards, milliers de corps enfouis, gonflés, bleus, obscènes, hirsutes, véritable cimetière des morts clandestines que l'on se hâta d'enlever. Et les agences de voyages avaient pour consigne de répondre aux questions des touristes : la Seine est fermée. C'est relâche pendant l'été.

Trois des nôtres — les trois Pets Nickelés — sont encore partis pendant ce déluge : des neuf enfants qui se rendaient matin et soir à l'école, de Naphtalingrad à Camp-Aux-Fourmis ne restent que Drelin-Drelin, ex-Pipeau-Charmeur, ex-Plus-Petit-Des-Rachots, ex-Tilt, et Parabole Blanche, ex-Jolie-Mentalité, ex-Titre-de-Transport, ex-Encre-Bleue.

Dès le lendemain de l'horrible cataclysme, les rescapés se réunirent dans le dernier village qui nous restait : une ancienne carrière de berlingots creusée sous le parc des Buttes-Chaumont, et inexploitée depuis l'introduction du chewing-gum en Europe par les multinationales américaines. L'épouvantable coup qui venait de nous frapper nous jeta dans un émoi qui nous fit oublier toutes nos peines passées, toutes nos inquiétudes présentes. A l'unanimité, nous décidâmes de fuir. D'autant qu'au lendemain de l'attaque à la dynamite, dix mille Compagnons Républicains de Salubrité avaient commencé à investir le réseau, remontant les lignes d'une porte à l'autre, à pied ou sur des barques à fond plat, abattant sans pitié les survivants, bêtes, hommes ou enfants, malgré les consignes de clémence diffusées par l'état-major.

D'autres événements précipitèrent notre décision : quelques-uns parmi les rats et les serpents qui n'avaient pas été noyés burent de l'eau d'égout où avaient été déversés des produits radio-actifs. Ils se mirent à enfler, gonfler au point d'acquérir le volume d'une baleine. Un de ces surmulots bouffis s'endormit un jour au milieu des voies et, comme il sommeillait, la bouche ouverte, il avala toute une rame de métro qui arrivait, puis une seconde, puis une troisième et ainsi de suite. Et lorsqu'il se réveilla, un peu lourd, il avait ingurgité tous les trains qui desservaient cette ligne. Cette mésaventure singulière nous donna une idée : nous fuirions, certes, mais non sans emporter avec nous tous les sous-sols de Paris. En d'autres termes, nous allions voler le métro. Ce serait le dernier tour que nous jouerions à ces Parisiens qui nous avaient tant maltraités.

L'effraction s'opéra de deux manières : tous les animaux irradiés (une trentaine) se postèrent aux carrefours des lignes encore en marche, gueule ouverte, afin de manger leur pesant de remorques et de motrices. Nous-mêmes, nous avons démonté les rames restantes pièce à pièce et les avons reconstituées dans un atelier clandestin de la Porte-d'Ivresse, raccordé directement au réseau ferré de la S.N.C.F. (car les liaisons officielles étaient bien sûr gardées par la troupe). Nous avions pensé tout d'abord à creuser de galeries tout le sous-sol de la France, à prolonger les lignes existantes comme les tentacules d'une immense pieuvre afin que les Parisiens n'aient plus le privilège du train souterrain. Quelques rats, taupes et castors avaient déjà commencé à croquer la terre sur dix kilomètres, mais cette solution, trop longue, fut abandonnée. Le jardinier breton — l'amateur de choux — s'était mis également à construire un petit volcan à partir d'une source d'eau sulfureuse : il imaginait que, de cette façon, plusieurs métros ignifugés, munis de parachutes, pourraient être expulsés loin de Paris, lors d'une éruption, et atterrir en douce dans la campagne. Mais il fut tué d'une balle de revolver tirée par un gendarme, alors qu'il prenait la température de son bébé-volcan, dont les gargarismes vaporeux l'avaient empêché d'entendre les pas de l'homme entré dans son laboratoire.

Quand tout fut prêt, nous avons traîné à l'aide de cordages et de filins les énormes bêtes gavées de ferrailles et d'aluminium jusqu'à un souterrain secret situé sous le quai de Gesvres, construit au XVIIe siècle, et dont nous savions qu'il conduisait directement dans la banlieue Sud. Ce fut une tâche gigantesque qui nous prit de longues heures et nous coûta bien des efforts : nos petites forces étaient soumises à rude épreuve. Comme nous regrettions l'absence de Masque-De-L'Ombre !

Les voûtes de ce profond corridor étaient larges et de grandes dimensions, les animaux pouvaient s'y mouvoir librement malgré l'énorme poids qui gisait dans leurs entrailles. Pour les aider à avancer, des ribambelles d'enfants les poussaient au derrière ou tiraient sur leurs moustaches en criant des paroles d'encouragement, tandis que de tout petits maîtres d'équipe, trop jeunes pour travailler, scandaient la marche d'un coup de sifflet ponctuel. Parallèlement, certains d'entre nous scièrent les tunnels à même la terre et les emmenèrent dans notre cortège, posés sur d'immenses civières que nous portions à trente ou quarante. Arrivés au bout de ce gigantesque couloir, nous chatouillâmes avec des branches de sapin le gosier de nos voies de garage vivantes, afin de leur faire rendre les rames qui s'y trouvaient enfouies. Ensuite, nous nous comptâmes : nous n'étions plus que cinq cent huit. Nous convînmes de nous partager en cinq groupes de cent, plus un minigroupe de huit chargé de la liaison entre les diverses équipes, et de nous diriger vers le Sud par des routes divergentes. Puis nous sortîmes.

En un clin d'œil, le temps de soulever une trappe et de la refermer, nous sommes passés de l'obscurité au plein jour, de minuit à midi, de la tombe au soleil, de la tiédeur sans raison à la chaleur de l'été. Beaucoup d'entre nous, devant cette luminosité, cette verdeur éclatante à laquelle nous n'étions plus accoutumés, s'évanouirent de saisissement ou se mirent à pleurer.

Les rames elles-mêmes, qui ne voyaient le jour que rarement, clignaient de leurs gros phares, d'où coulaient des larmes électriques, et suppliaient qu'on les ramène dans leurs trous. Il y eut quelques heures de confusion et d'égarement, puis cette immense caravane d'enfants en guenilles, d'adultes puérils, de bêtes apeurées, de wagons bariolés, cette Arche de Noé montée sur roues et sur rails, cette dragonnade baroque sertie comme un bijou s'ébranla en direction du Midi. Nous traînions derrière nous des milliers de rats, de souris, de vers blancs, de chats et de chiens qui ne voulaient plus vivre à Paris : il n'y avait pas quarante-huit heures que le métro avait été noyé sous les eaux de la Seine.

Deux jours plus tard, nous arrivions sains et saufs en Bourgogne, entre Avallon et Auxerre, et nous nous cachions dans une gare désaffectée d'une ligne fermée au trafic. C'était un miracle, car toutes les polices de France étaient à nos trousses. On avait découvert notre subterfuge, la presse l'avait baptisé « le plus grand casse du siècle », le gouvernement avait remis sa démission, l'opposition manifestait, d'énormes récompenses étaient offertes pour notre capture, morts ou vifs. Nous serions certainement pris avant une semaine si nous ne nous dispersions pas d'ici là. Hélas, nous étions loin du compte ! Dans une clairière, proche d'une forêt de chênes, nous tînmes conseil. Chacun prit la parole. Piston-Racleur était en train d'exposer son plan, quand nous entendîmes un craquement sinistre. Cela venait de derrière le hangar où étaient parquées les rames. Nous arrivâmes à temps pour voir ce stupéfiant spectacle : les trains s'étaient affaissés sur les voies comme un cheval qui s'agenouille, le châssis avait disparu, une gaze blanche recouvrait chaque wagon, l'ensemble des voitures se confondait les unes dans les autres, le ruban était pris de spasmes ondulatoires. Puis, de la colonne vertébrale de ces chenilles monstrueuses jaillissaient, déchirant le cocon, de grands insectes, toutes antennes dressées. Par notre distraction l'incident du Viaduc de Passy s'était reproduit, mais à une plus grande échelle. La chaleur avait provoqué une nouvelle métamorphose. Du métro parisien, de l'immense troupeau des motrices et des remorques, ne restait maintenant que cette nuée d'énormes papillons blancs et bleus qui allaient et venaient au-dessus des vignobles de Bourgogne, dansant sous le soleil.

Soudain, il y eut un bruit métallique, une voix au mégaphone cria : « Rendez-vous ! »

Nous étions encerclés : la police avait retrouvé notre trace. Ils étaient deux cents peut-être à nous mettre en joue, prêts à tirer à la moindre velléité de résistance. L'aventure était finie. Nous nous assîmes tous dans l'herbe. Drelin-Drelin sortit son fifre et commença à jouer un de ces airs gais qu'il avait l'habitude d'interpréter lorsque nous habitions sous terre. Alors, contre toute attente, la multitude géante des papillons se regroupa et atterrit doucement sur le sol au milieu de nous. Ce fut l'affaire de quelques secondes : oubliant que nous étions petits et sans force, nous jetâmes nos bras autour de leur cou. Et chacun des insectes portant deux ou trois bambins plus un lapin et une souris, ils nous enlevèrent avec une rapidité qui nous donna le vertige. Avant que la police, glacée d'effroi, n'ait pu réagir, nous glissions dans le bleu du ciel, et la terre n'était déjà plus qu'une nappe de grands et de petits carreaux verts, bleus et jaunes. L'air sifflait, nous fouettait au visage; juchés sur nos immenses montures, nous éclations de rire, battions des mains, et les bandes d'oiseaux qui nous croisaient nous saluaient de pépiements joyeux. Il faisait un temps merveilleusement beau, nous volions dans l'immensité chaude, l'été commençait.

Légers, fragiles, fuyants, nous étions des nuages. Et les nuages cette année-là, dans le ciel de l'Europe, avaient la forme d'un enfant à cheval entre les ailes poudrées d'un papillon géant.

Refrain	9
L'inconnu du Pantin-Express	15
Légendes du pays des égouts	41
Une nuit sous l'Opéra	71
Lettres de loin	117
Ripailles au Pont-Neuf	143
Le grand rassemblement	173
Improvisation en sous-sol mineur	203
Qui sont les maîtres du Rail souterrain ?	215
Pigeon vole	237

DU MÊME AUTEUR

Aux Éditions Gallimard

QUI DE NOUS INVENTA L'AUTRE ?, *roman, 1988*

Aux Éditions du Seuil

FOURIER, *essai, coll. « Écrivains de toujours », 1975*

LE NOUVEAU DÉSORDRE AMOUREUX, *essai en collaboration avec Alain Finkielkraut, coll. « Fiction & Cie », 1977*

AU COIN DE LA RUE, L'AVENTURE, *essai en collaboration avec Alain Finkielkraut*

LUNES DE FIEL, *roman, 1981*

LE SANGLOT DE L'HOMME BLANC, *essai, 1983*

PARIAS, *roman coll. « Fiction & Cie », 1985*

LE PALAIS DES CLAQUES, *récit, 1986*

Chez d'autres éditeurs

MONSIEUR TAC, *Sagittaire, 1976*

Impression Bussière à Saint-Amand (Cher),
le 24 janvier 1989.
Dépôt légal : janvier 1989.
Numéro d'imprimeur : 6281.

ISBN 2-07-038107-2. Imprimé en France.
Précédemment publié au Sagittaire
ISBN 2-246-2895-13.

45396